U0599121

再见，
总统先生

[法] 达妮埃尔·若尔热 著　黄凌霞 译

Goodbye,
Mister President

Danièle Georget

作家出版社

"我去，就这么干；钟声在招引我。不要听它，邓肯，这是召唤你上天堂或者下地狱的丧钟。"

——《麦克白》，第二幕，第一场

同胞们：

　　不要问你们的国家能为你们做些什么，而要问你们能为国家做些什么。

　　全世界的公民：不要问美国愿为你们做些什么，而应问我们在一起能为人类的自由做些什么。

　　不管你是美国的公民或世界他国的公民，请将我们所要求于你们的有关力量与牺牲的高标准拿来要求我们。

　　我们唯一可靠的报酬是问心无愧，我们行为的最后裁判者是历史。

　　让我们向前引导我们所挚爱的国家。

　　企求上帝的保佑与扶携，但我们知道，在这个世界上，上帝的任务肯定就是我们自己所应肩负的任务。

约翰·菲茨杰拉德·肯尼迪

总统就职演说 (节选)

1961年1月20日

第一章

Grincements

龃龉

I

1963年11月21日

沃斯堡，得克萨斯州

22点

一行人刚走进得克萨斯酒店的大堂，她立即发现在前台接待处的漂亮女孩即将晕倒过去。有几个接待员聚拢过来，和前台的接待姑娘一样，一副痴迷倾倒的模样，惊声尖叫着，仿佛要窒息了。总统先生也注意到了接待的姑娘，她已经被轻而易举地征服，脸上容光焕发。很显然，他朝她微笑，好像他早就认识她，好像她是得克萨斯最重要的女人。

然后，杰基[1]不置可否地转过头：这个女孩在总统选举的时候绝对不会有丝毫犹豫，多一张选票总是好事。这样我们才能在选举中获胜。一位仰慕的女孩能带来几十个信徒……所有这一切不是自然而然的吗?

杰基扭过头去，她看到自己的秘书此时不满地撅了撅嘴，心

---

[1] 杰奎琳的昵称。

里一阵安慰。这位秘书是她一入主白宫就派来跟着她的。路易十四不是也这样对玛丽–泰蕾兹吗？只不过，蒙特斯潘侯爵夫人[1]非常聪明。而不像眼前这头小母猪，红着脸蛋，两眼放着绿光，激动得要哭出来。

"别这样，亲爱的，我们明天一早就离开了。"她自言自语道。

不过，这次该她脸红了。因为她说的话被听见了，弄得她有点窘迫。林顿·贝恩斯·约翰逊瞥了她一眼，他经常这样做，无疑是一种向人表示同情的意思。

副总统还真能把同情心用到需要的地方。

不，她不想像一位肯尼迪家族的人一样说话！

从一开始入主白宫的时候，她就知道，要像一条鱼在鱼缸中游泳一样进退自如。

她微笑了。

她没有想到这次旅行是如此糟糕。离开华盛顿的时候气温就有三十度。而现在是十一月！三十度的高温使伸来跟她握手的手都汗涔涔的。从一年前，她就开始逃避官方出使的苦差事。一年之后，她把这事给忘了。

最近的一年内，杰基都拒绝陪伴总统进行他的竞选宣传活动。但是这次，她别无选择。同样的，她只需要几个小时就可以重新找回她有点生疏的舞台表演的气氛和感觉。女孩们的疯狂，总统的注意力所集中的地方，总统周围的人的行动，副总统满脸是汗……她

---

1 蒙特斯潘侯爵夫人（1640—1707），路易十四的情妇。

自己身体欠安。

"我到这里来干什么？"

这个问题突然冒了出来，因为她才管不了那么多呢。杰基接受了别人给她安排的这样一个扮演哑角的角色。仅此而已。

因为现在她和他们不是一个世界的人。他们的目标和她的愿望相差甚远。他和她之间相隔遥远。好像她自己有意在保持距离。

他呢，相反，他全身心投入在里面。她以前从来没有见到他像现在一样好斗和坚决。像一位刚被军队推选出来的罗马元帅一样。

杰克想要成功。他为此殚精竭虑，拼尽全力。

杰克这样一个名字叫起来就像铡刀一样有力，一样响亮。没有人想叫他约翰，或者更糟的强尼。强尼，听起来就像一个小傻瓜。在肯尼迪家里没人会叫强尼，就连他们最小的三岁儿子也不行。他现在叫约翰-约翰，等他长大了顶替他父亲的时候，就该叫做杰克了。

1960年，杰克当时还是约翰·菲茨杰拉德·肯尼迪，他第一次参加总统竞选。菲茨杰拉德是他母亲的姓，出身于波士顿的政客家族，肯尼迪是父亲的姓，强而有力。当时，约翰·菲茨杰拉德·肯尼迪还是生活在父母身边的孩子，在竞选的战斗中，他就像一个富有的成功人士家的没精打采的公子哥。而现在竞选战斗为他展开。情况完全变了。权力是一种毒品吗？他已经吸食上瘾？

因为现在他的眼睛里空无一物。他将不顾一切找到获取毒品的方法。沉迷于这个目标。就是要再次获得当总统的委任状。

深深着魔。

在总统的随行人员中，有安全部门派来的精英，都是些眼神犀利的小伙子，随时准备为总统牺牲。他们宽肩窄胯，行动敏捷，像马戏团的动物一样任人摆布。现在他们朝电梯口拥去。用不着去考虑电梯该停在哪一层，用不着去找住哪个房间。总有一只手在指引前面的道路，按下电梯的按钮，提着行李。

他们脚步轻盈地走着。而总统，走在他们前面一点。一个身影探向他的耳侧，一个问好的姿势，一只张开要握的手。

微笑。总在面带微笑。

她在后面，走在保镖中间，是王后。白宫的人总是不把她放在眼里，戏称她为埃及艳后。

当然，副总统总是紧跟其后。即使是在这个旅馆里，即使现在已经晚上十点，他也不能着急。

他看起来就像一个久未归家的人突然回家一样兴奋异常。他口若悬河，任何人不能剥夺他带领他们到他的故乡参观的荣幸！明天，他们就要去参观。在他的农场里待上一整夜和一个白天。他们也许会在达拉斯停一下。多绝妙的主意！

这个晚上，杰基不愿意再想了。一场噩梦。这只能是一场噩梦。

按照约翰逊一直以来的礼节，在给女士问好的时候，他把两只手指贴近他的帽檐。就像是他需要有个东西来证明他的身份，他总是炫耀地戴着南方农民常戴的斯泰森毡帽，现在他把毡帽往后仰了仰，好让他大汗淋漓的额头透透气。

约翰逊今年五十五岁，比杰克老了九岁，比杰基年长二十一岁。他们不是一代人，也不信仰同一种宗教。尤其，他们不是一个世界的人。

他是那种久经风霜的人，在艰难的生活条件和自然环境中长大，自我成才。完全靠自己的拼搏，而不是别人的恩赐。稀少的头发上涂满发胶，宽阔的额头上爬满深深的皱纹，大鼻头，小小的嘴言辞谨慎，他那张嘴让别人都没有想要亲吻的欲望。他是一个明智的人。

他看人时，目光从粗粗的眉毛下面深陷的眼睛里射出来，就好像他总是面对着强烈的日光。眼睛在眉毛的阴影里，从来不闪亮。

肯尼迪的不足，就是人们所说的他是从米高梅公司里逃出来。杰克，他曾是一个电影明星。人们没有弄错。整个好莱坞都把他看成他们的领袖。杰克，他总是任人摆布，微笑着，很潇洒，手垂下来或者放到衣兜里。从来没有哪台照相机能抓拍到他的差错。就算在他临死的时候，她也坚信这一点，他肯定能在照相机面前留下一个好看的表情！许多嫉妒他的人说，他的微笑是给东海岸的牙医做的最好的广告。

然而，即使常和他接触，副总统也什么都没有从他身上学到。副总统还继续在公众面前挖鼻孔。他甚至还把鼻屎挖出来之后放到裤兜里，还特别引以为自豪……

约翰逊和人握手时能把对方的手握麻，他这样做才符合得克萨斯州的男子气概的要求。而且，他从来不会先松开手，他的这个习惯是他的政治生涯里的一个基本准则。

约翰逊从不隐藏他在养殖业里的能力。他喜欢具体地解释他能用牙齿给刚出生的公山羊去势。

约翰逊对她也不屑一顾吗？她对公山羊一无所知，更不用说母山羊或者公牛了。她只对马很了解。仅仅是为了嘲笑别人才这么说，她不欠他们的……

杰基喜欢给人取绰号，她戏称得州人约翰逊为"玉米面包先生"。他妻子——很富有的克劳黛雅——所有人都叫她瓢虫，她称呼她为"一小块猪排"。合起来就是"玉米面包先生和一小块猪排"……这是一道美国南方的特色风味菜肴，引得总统大笑不止，使整个气氛变得轻松活泼起来。因为当他们一谈到约翰逊的话题时，他们都要发火了。从1960年起，他们就想发火了。为什么他们还不剔除掉这个约翰逊？政客们真让人难以理解。

在核心领导层的面前，杰基坚持每一次约翰逊进入白宫的会客厅都要用字正腔圆的"副总统先生"来做介绍。责难之声四起，就像在巴黎或者英国的大型夜总会里面人们的疯狂叫嚷。这就更加突显出他们对约翰逊的不尊重，他们这样做就像穿着鹿皮鞋走在旧地毯上一样自然，或者像一名农妇穿着薄底浅口鞋走在燕麦地里一样自在。

为什么她讨厌约翰逊？因为被他们传染？在1960年7月的民主党总统候选人提名大会上爱尔兰派和得克萨斯派势均力敌。他们就像棒球比赛中的两个争夺冠军的对手，约翰·菲茨杰拉德·肯尼迪和林顿·贝恩斯·约翰逊身后都有许多拥护者，他们的拉拉队和他们的仇人。只有除去对方才会赢得胜利。

这场小小的战争一直以来都使她的丈夫下巴紧绷，使她的小叔脸色惨白。后来的一天，她听说如果杰克当选，约翰逊就做副总统。不用再费神去想是怎么回事。这并没有改变什么。她在感情上接受不了肯尼迪家族的这种态度转变。这还不算结束。

她没有一次支持过这个约翰逊。如果有人要她拿出证据来，她会毫不犹豫。她能提供的其中一个唯一的约翰逊的缺点，而约翰逊对这个缺陷毫无办法：约翰逊完全不能穿不开领的衣服。约翰逊长得非常丑陋，而且又"俗"。简直太俗了。

他现在正用一大块方手帕在擦额头上的汗，方手帕的四周当然都有绣花。他想挨着总统夫妇的房间住下来，在八楼上的一间卧室里，他的门外有一个警卫给他站岗，他住得这么近让她有点不舒服。据说，因为总统把他推到赛场外的休息席上，这让他很消沉。很夸张的说法。实际上，约翰逊成了一个真正的来出差的人。他大部分的时间都在飞机上度过。他能从中获得乐趣。最后，在他面前展开的是不同于无尽的平原和美国国会的穹顶的风景……

对他的副总统，杰克从来不缺少给他那些资金匮乏而不可能完成的任务。好像排挤开副总统是由于他变化无常的脾气和无休止的行动。就算再喝多少威士忌也没有用，无法改良他的德行。

在核心领导层中，约翰逊从来不知道自己的位置在哪儿。忽而上前，忽而退后。他有时会撞上他们周围观看行进大潮的围观者们，他们像螃蟹一样堆积在道路上，浪潮经过的地方，女服务员和顾客都张大着嘴，目瞪口呆。他们的悬崖上已经有贝壳爬了上去。

好像只有孩子们还依然故我地生活着。他们现在站在那里做什么？他们怎么说到总统的到来就像是圣诞老人来了一样？孩子们很喜欢杰克。他是小男孩心中的英雄，他的地位就像格兰特将军或者李将军。而对于小女孩来说，不用怀疑他就是白马王子的化身。

和他们在一起时，杰克不用去表演什么。只要在路上碰到孩子，他的眼睛里就会流露出欣喜。他用手抚摸惊慌的小男孩的金色头发，亲亲满脸通红的小女孩。所有的孩子都让他想起卡洛琳和约翰-约翰。他在四十岁的时候有了女儿，四十三岁时有了儿子。他一直以他们为豪。

整个宾馆都惊动了。人们非常高兴地来到总统夫妇跟前，就像是奥斯卡明星经过一样。他们不管走到哪里，后面都有一大堆拥护者紧紧跟随，久久不肯散去。

这就是得克萨斯人的极度疯狂的表现！肯尼迪家族的人讨厌的那种得克萨斯人！

随他们便好了，反正都习惯了。

他们将在沃斯堡宫殿的一间夫妻套房里度过一夜。然而，房间里糟透了。有一股难闻的得克萨斯人的气味！庸俗的得克萨斯装饰！这不是心理作用！

好在，待的时间不会太长。

明天一早，他们将搭乘飞机去达拉斯，在那里，1964年的新一届总统选举活动才真正拉开序幕。他们一年之内从东跑到西，从北跑到南，就像弹珠机里的弹珠一样被一只神秘的手操纵着。一年内都脚不沾地。狂奔几千公里，给各种欢迎团体致意，向每个陌生人微笑。

杰基想尽一切努力去逃离政治的漩涡，但很难避免一些大的交锋。总统命令她：不要拒绝任何的交锋。这一次他想要取得无可争议的胜利。这一次他要拉开差距，让所有的暗示和怀疑都无处藏身。直到没有人再怀疑他会继续当选。离下一轮投票还有十二个月，所有的民意调查都认为他是胜者。

总统先生异常兴奋，不知疲惫，他要求所有人都像他这样。井然有序地跟在他的战旗下。他想以检阅他的队伍作为战斗的开始。首先是得克萨斯人，这些强有力的领导者，这些完全的个人主义者。因为要是对他们放任自流，将会形成党内的一股无政府主义势力。

在美国南部，民主党分化成了三个派别：左派中的左派、中间派和左派中的右派，别人是这么给杰基解释的。这很荒谬，她为此很担心，但是杰克认为是小题大做。

他扭转了这团混乱的局面，让他们组成联合体，就像在格兰特将军和李将军时期那样，特别是当选择比较容易的时候。北方在一边，南方在另一边。前面是大肆鼓吹者开道。为了获胜，他还需要所有人的帮助，她的，接待处的女服务员的，他弟弟的，基层军官的，南方民主党的，北方民主党的，小人物和士兵中的精英。

他们被要求在走廊里等待着。安全部的人想要最后一次对房间进行检查。

他们把窗帘——又一次——拉开，打开壁橱，身体探到床下去。他们已经这样检查了十几次了，但是还没有结束。他们在寻找窃听器，就像美国人脸上的青春痘大小，是苏联人、卡斯特罗分子、反卡斯特罗分子、黑手党，以及所有的好奇者——有很多这样的人——安装的。还有从美国联邦调查局到中央情报局，到处都是偏执狂患者。还有不可避免的竞争，会导致真正的或可能的危险。他们都想能防患于未然。

没有人会忘记，在二十多年前，美国的珍珠港被突袭。现在是冷战时期。不能相信任何人，没有任何地方是安全的。对手可能是让人赏心悦目的美女，也可能是郊外的邻居。

不一会，他们邀请总统夫妇进了房间，但是显得态度勉强。

副总统握住杰克的手，微微鞠了一躬。接着他转过身使劲捏住杰基的手指，用以表达他的热情，同时目光严肃地看着她。

"你们看看，得克萨斯人为你们准备了一个隆重的欢迎仪式。"

说完，他转身走了。

总算解脱了。

***

杰基走进了这间装饰得很难看的套房：小花朵、绣花布艺和垂花饰品。这一切都是她讨厌的。她禁不住惊叫一声：她只有在艺术品面前才会表现出她的热情。有人居然附庸风雅地在房间里脏兮兮的暗绿色墙上挂了十六幅绘画大师的油画，其中有一幅莫奈的，一幅毕加索的，一幅梵高的！画作都按照所有者的顺序来挂，每幅画下面都有一个估计的价值代替了任何的评价。这几面墙上的画总共价值几亿美元！有亿万资产的得克萨斯人考虑得真周到啊，她丈夫还认为他们很坏！

她诉说着她的惊叹，给她旁边最近的一个人讲着法国的绘画，那个人是安全部门的人，正在使劲地嚼着口香糖。她指给他看蓝色的深浅变化，一束光线，一根线条的活力。她比其他任何时候都有话说。因为她熟悉巴黎，卢浮宫和塞纳河上的游船，还因为她从小时候开始，就喜欢花时间去给各种小场景画速写，然后再用水粉把它们画出来。从某种意义上讲，她是很专业的……她的作品挂在她家的乡下别墅里，她亲戚家的客厅里。

她忘记了得克萨斯，忘记了在阴凉处仍有三十度的气温，沉闷的气氛。今晚她不是一个人，因为她今晚将和这些名画一起度过。还要在明天早上和沃斯堡的政要们共进早餐时的讲话中加上一句感谢的话。用打字机打好的讲稿现在正放在她的皮包里，整齐地叠好了。

当然，这些名画是因为她才挂在这里的。杰克几乎对它们瞧也不瞧。难道他只看得出来布拉克[1]和毕加索的画之间的区别吗？"谁在别处看到过这幅画？"——这就是他能问的问题，他对什么都不尊重。

他几乎对一切都不太关心，确定的价值，规则，装饰。他是一个流浪者，习惯于变换地点、参照物、决定。一个流浪者之王知道各种物品之间的联系。美国总统以四海为家，只要他的身边有智囊团、电话、资料，还有妻妾。其余的，他就不在乎了。他的视野就局限在他要达到的目标周围。

约翰·菲茨杰拉德·肯尼迪站在那里双手交叉抱在胸前，看着他的竞选活动的领导者。背靠在油画上，就好像背靠在壁炉上一样。大师们的作品不是给人取暖用的！是用来启迪人的心智的。她如果把这些话给他说，她肯定能听到他的嘲笑。

两个男人单独站在窗前。杰基让他们去谈他们的事情。她自己也有活儿干。她要监督着别人把他们的衣物都整理到衣橱里。

在这方面肯定要遵守一定的顺序，否则就完全乱套了。没有比看到鞋子和包与同它们相搭配的西装或者长裙不在一起更让她愤怒的了。

她能在看一眼天气预报之后立刻做出她的打扮决定。她同样有她的一套，但还要由她所带的衣物来决定。如果后勤没有跟上，一支军队还谈什么战斗力呢？

---

1 布拉克（1882—1963），法国画家，与毕加索共同发起立体主义运动。

像以往一样，她考虑得很周全。出太阳、刮风、下雨、寒冷……只不过没有人想着告诉她，在得克萨斯的十一月份居然有如此难以忍受的酷暑，空气闷得就像在七月一样。她只随身带了羊毛料的衣服。她的面前现在只有毛料西装！仅就一只西装袖子上的颜色就可以让她尊称它的制作者是真正的技术高超之人。

这样的炎热，真烦人。但是还是没有即将到来的在核心领导层刮起的风暴更恐怖。因为他们建议他乘坐敞篷车穿过整个城市！没有人考虑到在敞篷车里他们的发型凌乱了会影响风度！

那时，如果他还继续保持很帅的造型，她就给他献上玫瑰花。

如果遇到下雨，那就有好看的了。至少，她有权要求乘坐有顶棚的轿车！这样一切都会改变，在她的头顶上会有一个顶棚！只不过，这话要让杰克听进去比较困难，他现在想让民主党不仅能让公众看到，还能和公众接触。

希望在达拉斯天气不要这么热！希望在他们出发前就打雷下雨！

杰基想了很久这三天她应该做什么。有很多手要握，有一大堆人要感谢，微笑到厌烦。她很痛苦地想到她就是一个彩瓷花瓶，人们把她一间屋一间屋地展示，不给她任何的选择和主动权。一个真正的花瓶，插满了鲜花……因为她不得不手捧着得克萨斯州盛产的黄玫瑰花……

但是，杰克坚持要带她出来。

噢，并不是说要和她在一起，她没有任何幻想。他们从什么时候开始就没有在一起待过了？"在一起"只是一种说法，也就是说他们中间隔着几米，或者至少他们在一个城市。

和搞政治的丈夫一起做一次竞选旅行，在结婚十年之后，人们想不到比这更好的了。能在三天里，天天看到他的背，他的身影。这不是很棒吗？

从冬季以来，他们之间的关系越来越僵。她只有三十四岁，常常对自己说好日子还在后头呢。即使以后，他不再是总统……她不应该这样想的。

无论如何，她就算很厌烦，但还是在有一次他对她说他需要她时被感动了。只不过，她把一切都考虑好了。首先，他把她带到那里，然后他就不知道消失在哪里了。

不，这还不比以前他们一起去参加的晚会，在那些晚会上，他和第一个朝他走来的女孩聊天，整个酒会中完全忘记她的存在，她就像大雨过后被抛弃不用的雨伞。

他在官方的旅行中不会让她受到和以前一样的污辱。在得克萨斯不会！他需要她来哄骗选民。为了当选，他要扮成模范丈夫、无可指责的一家之长。她不是他的托。他希望她能表现出对她丈夫的衷心支持。每个人都能看出她很信任他。不然……

如果他没有被选上，他们会怎么样？杰基尽量不去想。她不想去想象杰克失意的神情。他总是第一。他只想当第一。当然，他总是得第一。然后呢？

以后，谁知道他们之间的关系会变成怎么样？

总统看起来很焦虑。他的顾问给他看了几张揉皱的纸，是从人行道上捡回来的小广告。

他从牙齿缝里挤出几个字。

"贱货！"

她听到这个词竟然并不惊讶。她偶尔会回忆起肯尼迪常用的词汇，有时别人会问她这是不是他的一种爱意的表露。

表面上看，肯尼迪家族的人都是真正的天使，他们有灿烂的微笑，有漂亮的头发，还有运动员的身材。

不久前，她的公公乔还在柏树林后面赤身裸体地接受日光浴，想把自己晒成古铜色。再加上他的白发、清澈的双眼、健美的身材，他的魅力有人能挡吗？自从十八世纪以来就再也没有哪个入主白宫的总统家族有这么时髦。

肯尼迪家族生来就是为了占据林肯、杰斐逊和现代民主党的创始人所拥有过的宫殿。这个宫殿被她"整修"了一下。她坚持要用这个词，没有人——在这个国家，理想的状态是什么都是崭新的——明白这样做的重要性，为了每一个细节都很完美。

她对总统妻子们热衷的大多数慈善事业不屑一顾。她让她的婆婆去做。刚进入白宫的那两年，她的主要任务就是怎么重现这个总统宫殿的豪华排场。她对她的工作非常满意。如今，白宫已经代表了美国的伟大和杰克·肯尼迪的功绩。

对，当你看着肯尼迪家族，你会觉得他们给美国增加了荣耀。

但是，不要去听他们在说什么。因为听了他们的话，你就会感觉你是在一部强盗片中。他们真的只适合上摄影师的镜头。

总统单独和那人在一旁窃窃私语，转而开始大笑。哦，不是爽朗地笑，而是憨憨地笑。不，应该说是有点傻笑，就像我们常会听到的在一些沙龙里，夹杂在两个毫无意思的句子间的那种笑声。她知道这表示：他们的密谈已经结束了。总统从来不会在没有做出这样一种鼓励的暗示之前放别人走，这是他让别人远离他急切关心的一种方式。不是那么夸张的一种方法。

核心领导层的人一个接一个地告辞出去了。秘书，女佣，顾问和保镖中的有些人在门口的走廊上守着，就像忠实的老猎狗在主人的门前站岗。还有些人就留下来做杰克给他们指派的工作。

得克萨斯州的沃斯堡的夜总会，杰克不想去玩。她不喜欢政治，但是她更不喜欢美国真正的、真实的底层社会，那里的酒吧里女服务员都装扮成兔子，戴着长长的毛耳朵，穿着有短尾巴的内裤。如果一个美国黑人在公共汽车上胆敢坐在白人的旁边，他就会受到白人的殴打。白人还把炸弹扔到黑人的教堂里，使穿花边裙的黑人小女孩惨死在里面。

今天晚上他要出门吗？从他们离开华盛顿时这个问题就一直在她的脑子里。她不敢问。问题的答案让她害怕。她甚至害怕表现出她对这个问题的关心。

他会不会把她一个人留在这里，让她和这些油画待在一起？别人有意给他们订了两个连通的卧室。

他会趁她睡着了，把门关上，然后离开吗？

她很想念孩子们。不仅仅是因为她爱他们，还因为他们是他和她之间最好的堡垒。是他们夫妻不用面对面单独相处的最好的借口。

等他们一回到华盛顿，他们就要庆祝约翰-约翰三岁的生日——他出生于11月25日，和卡洛琳六岁的生日——她生于11月27日。11月是他们的"月份"。

杰克想自己一个人买两个孩子指定的生日礼物。他很爱孩子们。没有人会怀疑这一点。

以后还会再生一个孩子吗？

不要想这个问题。

肯尼迪家族的所有母亲都是有很多子女的。她的弟妹——鲍比[1]的妻子——埃塞尔马上要生第十个孩子了！这不是一个家庭，是一个养殖场！但是她和肯尼迪家族的女人都不同。而且她也不想和她们一样。我们不可能什么都得到。

"谢谢，我什么都不需要了。"总统说。

门轻轻地关上了。

＊＊＊

总统的生活就是这样的。有一些门是永远不准偷听的，有一些门深嵌在荒淫的棉花球里，好像什么事情在总统的淫威之下都被禁止谈论了。还有一些是幽灵之门，不能去碰的。只有当你成为世界上最强大的男人，你才有可能去开启或者关闭这样一扇门。

他呆呆地站在窗户边。他的眼睛在漆黑的夜里寻找什么？她看着他的背影，如此挺拔。他是不是在试着理解这样一个得克萨斯州，他不喜欢看到在这里的某些地方突然挺立的高楼和人行道上寥寥无几的人影？

这里的美国城市都像是西部的乡村，建立在沙漠上，围绕着一个小酒馆或者一个车站而建立。真烦人！所幸的是，在这些成批生产的衣服口袋里再也没有装左轮手枪的地方了。

1　罗伯特·肯尼迪的昵称。

他们没有立刻明白，他们现在已经单独相处了。

他点上了一支细的香烟，这有助于他思考。他很闲适地抽着。

他们此时也像平时生活中一样，一个人背对着另一个人。他的脸朝向窗外，看着无限的地平线。而她呢，站在橱柜前面，在一个衣架和镜子之间。

她正在检查她定做的十五套西服是不是放在了适当的地方，是不是和同它们相搭配的帽子、鞋、皮包和手套放在一起。摆放得是否整齐。她再看看她的鬈发是否还是波浪形的。甚至还检查了一下鞋子上的扣子是否还在。

她突然被他的声音吓了一跳：

"你明天想穿什么衣服？这一次就把你着装的好品位放一边好吗？你并不是去见一位崇拜你的巴黎人，而是接见几个得克萨斯的老农民。"

她转过身来，脸上带着迟疑，仍然蹲着。他看着她，好像她被浓缩了，变矮了，好像她变成一个严肃的话题，好像是"总统先生"在和他的领导层的人说话。

2

他怎么了？

他以前从来不和她谈衣着的，从来没有发现她一天换三次衣服的，从来不会看到她身上沾上的泥点，从来不会想得起她用什么品牌的香水。

有时候，他会给她谈账单的事情……但是，那又是另一回事。比如，他会笑话她说，他发现她的帽子的价格和它们的大小是成反比的，她应该选择大一些的帽子。然后，她就耸耸肩，他们的谈话就到此为止。

他难道从来都不看那些分析她的品位、评论她的身材、给出她买衣服的店址和店名的报纸？

天啊，她真是笨啊！他的观察与她本人无关，与她的内在气质和时尚的感觉无关。很显然……她的衣着已经成为政治计划的一部分。

他的样子冒犯了她。在某处的一个傻瓜还想替她做主。总统跟着他，听从了他。但是他在想什么？他以为自己比她在这方面更有权威？她可从来没有在如何对待赫鲁晓夫的问题上给过他任何建议。她本可以给他的！但是每个人都有自己的职责。

不，在那个领域，只有大使才理解她。

她的公公乔·肯尼迪曾经让她自由选择要购买的东西，他请求她直接把账单寄给他。

"不要让总统操这个心。"他小声说道。

于是，一入主白宫，她就有了这么一个绝妙的主意：当年就雇用了一名女装设计师奥列格·卡西尼，他也是她的一个朋友，意大利贵族的后代，已经和电影明星吉恩·蒂尔尼结婚了。

卡西尼是她的总参谋。他们一起来设计她的服装造型，线条简洁大方，凸现出她那修长的身材，与葛丽泰·嘉宝和奥黛丽·赫本的风格相类似。

于是，他们创造了现代的贵族风格。时尚而简约。这是一个巨大的成功，全世界都在模仿他们，甚至包括巴黎！

然而，现在，乔老得离不开扶手椅了，事情变得复杂起来。表面上看来，会计并没有受唆使，至少把发票转寄给总统不是她婆婆的"授意"而为。

那些衣服的价格把杰克吓了一大跳……他从中看出了问题！他的衣袋里从来不放一美元。至少这次，他能看出他妻子的热情、爱好和品味给他带来的是什么！他不知道怎么计算！

她检查了浅口皮鞋上的银扣子是否牢牢地固定着。

不，他不可能昏了头。她又转过背去。她想让他继续说下去。这样更好。她听到他还在低声发着牢骚。

"至少，你晚上睡不着的时候，你可以数数你的鞋子。我最慷慨的五角大楼，也不能，不能购置任何'新玩意'……真愚蠢啊！"

真不公平，对！他能指责她什么？结婚十年，从来没有一次不良记录，从来没有哪件衣服上缺一个纽扣，从来没有哪双袜子是抽了一根丝的。以前这就是她所关心的全部事情，怎么让自己的形象更完美。

对，但这是以前。因为杰基很清楚她丈夫现在看她的表情就像是在看一个刚拆开包装纸的洋娃娃。她明白她所有的这些"完美表现"现在对她都是不利的了，他更喜欢那些睫毛膏浓得都快流下来的女孩！

她知道他常和谁在一起。她们都身材肥硕，穿着紧得不能再紧的紧身连衣裙。相反，他并不介意这个，她们的蠢话还能逗得他哈哈大笑。

至于他用在她身上的心思，就所剩无几了。甚至有人说他想让她崩溃。

他为什么望着阴暗的窗户外面微笑？他在想谁？她不想问他。她为了取悦他需要打扮成大学生，应招女郎？他根本就不在意她，一点也不！

不，长久以来，她的翩翩风度已经将最恶毒的传言粉碎了。

多亏有了杰基，美国的大众才相信杰克·肯尼迪是一个好丈夫。她只要一出现在他身边，甜甜地微笑，气质尊贵。他不能否认她的作用。像约翰·菲茨杰拉德·肯尼迪这样的人更懂得形象的重要性。他对电影明星的喜爱不亚于她对路易十四的仰慕。为什么今天晚上他那么严肃？

杰克不能给他的妻子解释说有一个女孩把他推进游泳池里。他无可指责，这不过是一个老套的恶作剧，自从他当上总统这样的玩笑就更加有趣了。

因为没有人会把他当做一个弱不禁风的人。没人知道他的身体已经变虚弱了。

他在被迫跳入水中时，挫伤了自己的一块肌肉。但是不能按照老办法使身体复原。而且疼痛越来越厉害了。

今天晚上他不能出门了，不得不在房间里养伤，而且不能脱下他的紧身衣。他的背实在太痛了。

而且，有肯尼迪夫人在宾馆里……他不可能带一个或者几个如雨后春笋般出现在他此行的路上的仰慕者到宾馆里来，也不能一次和她们中的两个寻欢作乐，而且还要提防不要卷入这种不正当的情感关系里，这都让他感到厌恶。他一直有一个年轻的美国女孩相伴，头发是金黄色的，身材胖得像火鸡，但她能使肯尼迪开心。

今天晚上看门的保安会过得很舒服。

不要紧张。微笑。保持微笑。

总统朝杰基转过身来时一直都在微笑。

这正是让她愤怒的原因。

他可以随口乱说，肆意大骂，然后表现得就像一个愣头青，就好像什么都没有……摄像机在哪里？注意我的好形象，谢谢……

还是一样的微笑。在所有的照片上，在所有的情况下，在所有人的面前都是这样的微笑。一个面具。

杰基已经开始讨厌她丈夫的微笑了。

微笑应该表达的是欢喜、美好、漂亮和真诚。在杰克的脸上，微笑表现的是谎言，是欺骗。一种职业的微笑。就像为了逮苍蝇而投放的蜜汁，就像商人们为了让蛋挞闪亮而涂在上面的那层蜂蜜，像能粘住你的手指的胶水，像要从你那里巧取豪夺的一个陷阱。

微笑是随着情况的严重性而愈发动人的，如果一切都很糟糕，他就会满怀笑脸。这是一种不露痕迹的防卫。骗子的微笑，"二手汽车贩子"的微笑，1960年被他击败的总统竞选对手，被冠以"狡猾的围嘴"绰号的理查德·尼克松，就是这样称呼他的。他的这种微笑是展示给他想与之上床的那些女人看的，给选民看的，给所有女人看的。这样的微笑是为杂志和电影周刊的封面量身打造的。他用这种傻傻的微笑迷惑了全世界，它成为制造一个年轻、健康，特别是积极的美国的象征。这是他的原话。

这不是给他妻子的微笑。

她，她更愿意看到他皱紧眉头，看到他焦虑的神情，哪怕只有一次。

她希望他失去理智镇定，把门关得砰砰响，用拳头砸桌子……不，不应该这样想。这是不可能发生的。她面对的是一个神秘的男子，内心已经严严实实地隐藏起来。

那么，这一次他要严肃地提出一个问题，而且是不失时机地提出来。

他说了一个词，这是不该他说的。一句骂人的粗话。

"夏奈尔。去达拉斯，我想穿那套夏奈尔的西装。"

她用带着法语口音的英语回答他，她的法语发音无懈可击，曾经让乔治敦为之疯狂。她没有错。

他的笑容变了。哦！差不多是在咧嘴强笑。但不管怎样，他很难忍受。

"迪利广场与奥诺雷街毫无关系！"

"康朋街……"

"什么街？"

"夏奈尔在康朋街，兔宝宝。"

当她使用"兔宝宝"这个词来称呼丈夫……太糟了，糟透了。她公然地不把他放在眼里。所有人都知道使用动物的昵称不仅仅是表达一种温柔和亲昵。还常会伴随着受折磨的爱，精神上过早的压抑和混乱。

兔宝宝！她在他的朋友们面前这样叫他，当着朋友们的妻子的面也这么叫，在那些她为他组织的晚餐和舞会上，而他在和几个女孩嬉戏，消失在白宫的游泳池里，有时甚至会在幼儿园的教室里发现他们……

兔子。对，兔子，当人们清晨在草地上发现他们的时候，他们的下身交叉在一起，然后一下子跳开，结束了。

通常情况下，兔宝宝在听到他的绰号时会微笑。这一次，他的舌头在他洁白的牙齿中间发出咻咻的声音。接着，他皱起了眉头。

"求你了，亲爱的……我可以请你帮我这个忙吗？当然，你是世界上最高贵的女人，没有人会怀疑。甚至我的母亲还因为今年你又把她从《时尚》杂志的封面上挤掉而耿耿于怀。但是，如果就这么一次，你不要打扮成欧洲的公主，就会给我帮大忙了。"

然后，他微微地笑了起来。他甚至眯着眼睛看她。他的样子就像一个画家，在作品面前，抬起下巴稍稍往后站，仔细打量刚才画的效果如何。

因为他知道杰基不能忍受被拿来和罗斯·肯尼迪相比！

罗斯·肯尼迪很滑稽，令人发笑，是他们家的笑柄。因为在乔老得不能从扶手椅上站起来以前，罗斯都一直被丈夫背叛！背叛了五十年！被丈夫背叛五十年会是什么样子。而现在他居然敢把她拿来和没人瞧得起的罗斯相比。

她知道他在想什么了，他在想罗斯！他从来不曾向罗斯表达过欣赏和热爱。他抱怨她是个完美无缺而又冷若冰霜的人，从来没有好好地吻过他，从来没有为了他放弃一场桥牌比赛，或者一场弥撒，甚至在他十岁生病住院时也没有。

他还在微笑。

但是他并不想要她这样……他想什么呢？难道她是他饲养的火鸡吗？那些让他随意拔毛也不敢吭声的火鸡，那些只为了给他逗乐的火鸡？那些走路身体左右摇晃，不会抗议的火鸡？他在想什么呢，她不明白，她不知道他的小伎俩吗？他对她还有什么想法？

"公主们从来不穿夏奈尔。它是打造现代女性的。现代女性积极地生活，她有自己的工作。她要求服装既舒适又高雅。防皱的面料，完美的坠感。线条简洁明快，有点像军装的风格，但通过色彩和首饰让衣服具有女人味。我不喜欢珠宝首饰，但我选择用玫瑰红来使整套衣服生动有活力。玫瑰红是女孩的颜色，你知道吗？玫瑰红给人快乐的印象。即使有些人怀疑我是否快乐。而且，对那些知道几个法语词的人来说，玫瑰红让人想起你母亲。这不是很好吗？因为我和你母亲有那么多相似之处。你不喜欢我偶尔地穿一件土耳其丝绸的衬衣，胸前有流苏，戴一顶斯泰森毡帽？你不想让我在尤克里里的伴奏下给他们唱几首美国乡村音乐的歌曲？"

为什么要说最后这几句话？她此时并没有不高兴。只不过觉得这样说话比较畅快淋漓，自从他们入主白宫以后，她还没有一口气说过那么多话。为什么她会提到"尤克里里"？一种古怪的乐器。

玛丽莲。噗、噗、噼、嘟……

杰基低下头，脸红了。她还有时间转过身去，以免他发现了她的脸红。她从来没有对他敞开心扉。她总是很害羞。所有引起猜疑的东西都已经消失了。这是一种心照不宣，如果不是这样，他们就会离开，分手，离婚。

她永远不要离婚。

她父母的争吵声好像现在仍然在她耳边。她从来都是被教育不准高声说话，不要言语太过亲密，她已经知道怎么保持上流社会的女性的矜持，她不能忍受那些让她对美好的法治社会怀有的美梦破碎的侮辱，然后在那里倒下，就像一根头发掉到一锅汤里，只为了提醒你：不管是卑微，还是强大，都是血肉之躯。

布维耶家族的姓名早在1877年就出现在了《纽约社会名人录》上。还能想到比这更美好的事吗？但是，里摩日的陶器在细雨纷飞中被扔到公园大道上摔碎了，同样的事情发生过很多次，在其他地方，在同样的小雨中。珍妮特骂她亲爱的丈夫杰克·布维耶三世——开拓者时代的高贵的继承人，法国殖民者的后代，完美的黑杰克——垃圾、酒鬼、座钟。对，座钟！当杰克抬起手想打珍妮特，她就会发出尖叫，她发出这种刺耳的声音时就像一只受惊的动物。她的母亲！永远都那么举止得体。

杰基一直不明白她母亲在她和妹妹面前怎么会这样做。她回忆起来那么遥远的事情，她好像看到自己抓住了李的手，接住了飞过来的书，把妹妹带得离客厅远远的，让她们躲藏在一个隐蔽的地方，在这栋三百多平米的好心的爷爷留给她们的住所里的某一个角落。为了让妹妹不受这种难以理解的家庭争吵的影响，她给妹妹读一本故事书。

她从来没有给卡洛琳讲过珍妮特和杰克到底为什么吵架。猜忌的内容是下流的、猥亵的、俗气的。她自从出生就懂得了。她在珍妮特肚子里时就知道了,当时黑杰克和所有长岛上的女人有染。

猜忌就像她母亲,而不忠诚就像她父亲。这不是任何人的错,如果她丈夫犯了和她父亲一样的错误,是因为他们都叫杰克。但是,她,她不叫珍妮特。从来不叫。即使玛丽莲出现了,被她戏称为"雕像",玛丽莲和她的尤克里里。玛丽莲有一天晚上给她打电话。怎么拒绝世界公认的性感偶像的电话,尤其是当这个电话来自总统的私人住所?

玛丽莲在酒精的作用下,完全向她敞开心扉,用一种含糊不清的声音说,杰克只爱她一个人,她以后将会取代杰基的位子,她真正的位子在白宫!她现在难道不是已经成了美国真正的皇后吗?

好在,他的情妇还有很多。杰基可以聊以自慰。即使玛丽莲和她完全相反,即使玛丽莲的头发金黄,那么浮华,那么撩动人心,但是相信她还没有找到诀窍。她和其他女人一样没能完全抓住杰克的心。

她仿佛又透过玛丽莲穿的透明布料衣服看到了她的屁股,在镶嵌闪光的假钻石的腰带下面。全世界都看到了,她当时甚至还穿着这身衣服在弗吉尼亚州的格莱若拉和孩子们一起骑马。而现在玛丽莲·梦露去世了。玛丽莲的位置永远无人能替代。

"你也许是对的,亲爱的。我不知道我为什么要去关心这样的事情,我也没有意识到。重要的不就是你在我身边吗?"

虚伪!这是最危险的武器。她并不怕他发火,最怕他温柔一刀。他满脸的柔情,她就像一个小女孩,快要被融化了。

她想用眼睛瞪着他。她没有想到会这么难受,让她说不出话来。她对他来说算什么人？只不过是一个可以入住的空房间吗？

约翰·菲茨杰拉德·肯尼迪想要不戴帽子坐着敞篷车到达拉斯游玩，手里准备了几百万美元。而第一夫人的微笑是给照相机准备的。

她的微笑，而不是泪水？就是微笑，仅此而已？

＊＊＊

作为一个美国总统不相信媒介战略吗？对他来说，每一场战争都是决定性的。这就是肯尼迪从1941年的罗斯福身上学到的。

为了赢得得克萨斯州的选票，他需要妻子的微笑。他不能忽视任何东西。需要把他所有的小兵都派到战场上去。

"小兵"。

又是她的错，是她唤醒了鬼魂。玛丽莲的魂魄在整个房间里游动。

她在总统面前毕恭毕敬地站着。全身赤裸。

"我是一个小兵，"她低声说，声音从腹腔中传来，"你，你是我的元帅。你将是美国历史上最伟大的总统。你的名字以后会和林肯的名字在历史书中并列。"

她就是这样让他吓了一跳。可怜的玛丽莲。人们以为这个女孩是颗炸弹，后来发现她是一只母鸡。

当她醉死的时候，衣服穿得很少，她曾经制造了一个丑闻，在朋友们、军人们和电视机镜头前，在麦迪逊广场公园高唱生日快乐歌，他认为她做得有点过头了。

一个专栏作家曾经写道，她当着四千万美国人的面向他示爱。她并没有完全错……他派了鲍比去帮他解释这件事，希望她能明白。可怜的鲍比，带着一脸神父般严肃的表情，被派去安抚女人。

当然，玛丽莲很有趣，但是曾经是一个病人。任何疗法，去任何的精神病院都无法医治她。

然而，现在她去世了，他在怀疑自己是不是做的对。总之，美国人在他们的"性感偶像"与总统的恋情上，原谅了他们的总统。他们却不放过埃伦，干涉她和总统的爱情，她是个温柔的女孩，唯一的错误就是出生在柏林墙的另外一边，于是联邦调查局跑到她的祖国——德国——去给她开了一张支票，安抚她失恋的痛苦。

他回忆起玛丽莲曾经给他说的话："没有人需要我，我在一个晚会上遇到一个男人，我把他带回家。我们将要上床的时候，他突然自言自语：'天啊，我正在和玛丽莲上床。'然后一切结束，他逃跑了。"这件事他一直都记得。

他，从来没有哪个女人让他怕过……这是最糟的。

他受制于几百万这样的女人的评价，或者说他受制于她们手中的选票。

玛丽莲的话题让他想到了杰基，他想让杰基帮他欺骗一下得克萨斯州的选民。

杰基正好有用。

因为杰基是给他的政敌眼睛里放迷雾，在愤怒的公牛面前抖动斗牛士的红披风的不二人选。谢天谢地，她还不知道自己的作用有多大。

杰基棕色头发，干瘦的身材像一条黄盖鲽。老肯尼迪说这太重要了。"她是个绝美的玩具娃娃，属于上流社会阶层。"

阶层……好吧。但他父亲闪闪发光的眼睛让他很高兴。

在肯尼迪家，大家习惯什么事情都来分享：金钱、活力、雄心。有时候，甚至还有女孩。

不，这一次外交家的眼光放得很远。杰克想不想结婚？这不重要。他向杰克保证："不要担心，儿子。从来没有一桩婚姻能阻拦一个肯尼迪家族的男人自由地生活。"

他今天应该感谢父亲。乔给他找到了最理想的女孩。

最后，她在他身边，他松了口气。

也许，他从来没有像现在这么需要过她。

＊＊＊

她仔细地观察他看她的眼神。她感觉到他的一只手握住了她的一只手，接着他的另一只手又握住了她的另一只手。她的喉咙发紧。

女式西装挂在壁橱里。与之相配的小帽放在一个装帽子的盒子里。很小的帽子，就像空中小姐戴的那种。这种像卡芒贝干酪盒子，又像铃鼓大小的帽子一般戴在头顶偏后，就像戴着一顶皇冠。

总统抱怨说这顶时尚的帽子让她感觉就像一个女王，因为这顶小帽子上聚集了多种颜色，有很多层。这是在让一个男人甘拜下风。他怎么能想到她戴这顶帽子不过是想让自己的头看起来小一点？她说以她窄窄的肩膀来比较，她的头显得太大了。她完全可以说她太瘦了，但是她绝不会说这样的话，一个女人从不会嫌钱太多，也不会嫌自己太瘦。

不，就是头太大了。她想把头遮住，因为她实际上从她的审美观上感到羞愧，因为她不想让任何人知道她头大。对一个女人来说，有头脑不是值得炫耀的事。她的母亲总是这样对她说。只有傻女人才会以此为荣。从总统身上就可以证实这句话的正确。他只喜欢那些在他身边甜言蜜语地围着他转的傻女孩。而谁要是说她读诗歌、哲学教材、伯尼主教和圣西门，那就太倒胃口了。圣西门公爵不是民主党人的读物。

她像安全人员一样，又检查了一次衣服上的纽扣是否都很牢固。真无聊：她知道它们都很牢固！这是从康朋街来的，这一点她已经明确地告诉他了。但是她需要抽回手来，不然她就会哭出来了。为什么她总是常常想哭？这样的情况已经持续几个月了。想哭并不是因为发生了让她难过的事情，也不是别人对她不好。很奇怪，她还会被柔情打动，或者感动而泣。她会在别人做出牺牲和体现出美德的时候哭。她这是怎么了？

她是个完美的妻子，她感谢美国的总统制度，选举活动四年一次，让她有机会和丈夫一起旅行，而不是待在家里抱怨。

从1961年起，他们住宾馆的时候就不住在一间卧室里了。她很少能连续三天都和他待在一起。不应该浪费这次的机会。十年里，他们在一起生活的时间有多少呢？

杰克个子很高，是个情圣。他需要寻花问柳，需要消遣。如果他什么都不做，那还不如死了。他想做所有对他不好的事情。杰基知道这一点。她总是用温柔的手段来掌控他。一个好的骑手在任何情况下都会很镇定，特别是当马儿表现出难以驯服的时候。

在杰基家里有一件趣事，她父亲很喜欢讲的一件事。杰基快六岁的时候，和她的奶妈还有妹妹一起去树林里散步。发生了什么事？她突然发现只有自己一个人在中央花园里了。如果是其他女孩，肯定会大哭，而且向各个方向乱跑。她不是。她找到一个警察，安安静静地站到他面前。"好像，"她很有礼貌地对他说，"我的奶妈和我妹妹走丢了。"她给他说了她父母的电话。警察马上把她带回了警察局。

珍妮特说她看到自己的大女儿在警察局里非常闲适，在一群穿着制服的男人中间来去自如，问他们各种问题，比如他们的职业、家庭，那种稍微有点兴趣的姿态就像一位高贵的女人。

当然，什么都没有真的改变。

总统常常会"迷路"，在等待他归来的时间里，杰基和那些路过身边的人聊天。她让那些路人感觉她在那里只是为了他们，她最想做的事情就是和他们交谈，倾听他们。她从来不从窗户往外眺望，看他是否回来。

今天晚上，杰克和杰基面对面单独在一起。她能想出什么法子征服他吗？

他走近吧台，去倒威士忌酒。当他转回身来，手里端着两杯酒。

"你觉得我们俩现在看电视怎么样，像老年人那样？"

然后他大笑起来，她很讨厌这种大笑，比他的微笑更让她讨厌。接着，他又加上："第一夫人。"

他在用眼角的余光观察他说的话有什么效果。

每个在白宫生活的人都知道。她曾经给所有的办事人员都说过，从电话接线员到旅馆的老板，没有人会称呼她这个滑稽的称谓"第一夫人"。"'第一夫人'是一匹赛马的名字，"她不止一次地说，"一个俗气的称呼！"

"'第一'夫人？感谢你把我的名次排在最前面。"她干瘪瘪地回答。

他假装什么都没有听到。

"告诉你，我对你无休无止的礼仪教育课厌烦透了。"

他冷笑起来。

战争？他想向她宣战？但是为什么？真是荒谬。

只有两个人才能打起来。

他那么不信任她。

她眨眨眼睛。

又转身回到衣橱前面。

3

"该死的得克萨斯让我火气很重。"他又说。

太迟了。在五分钟之内，她都不会理他。太容易了。她选择了沉默。

"天啊，你什么都不明白！我的身边需要有个妻子，而不是一个护士长！"

杰基仍然面无表情，现在开始机械地、仔细而专注地折叠起刚才打开的袜子。在他继续说话的时候，她尽量什么都不想，都不听。

"至少做美国总统的妻子并没有什么不好！我提醒你夫妻有相互扶持的义务。你放心，我不会让你难过、不舒服。团结构成社会最根本的价值观，能让那些身处敌对环境的人继续活下去。支撑爱尔兰人像意大利人或者犹太人一样移民到纽约的唯一力量，首先就是为了他们的家庭，其次为了他们的同胞。"

"这就是黑手党的准则，不是吗？我没说错吧？"

她再也不能忍耐，这是个绝好的机会。

"言而有信，兄弟和夫妻间的团结……这就是黑手党的准则，你相信吗？那么，我们去参加黑手党吧。肯尼迪家族很喜欢传统制度。他们有拉帮结伙行动的习惯。这就是他们的力量之源。如果脱离群体，对一个肯尼迪家的人来说，就等于判了死刑，或更糟糕，不被任何人信任。你不应该想要脱离群体，杰基。特别是在决胜战役的前一夜。"

"我想1865年李将军签署了南方投降的协议……在得克萨斯仍然还有他们残留的队伍。"

"对，很幽默啊，你说得对。你永远都想不到他们能干出些什么。"

然后，他又咬着牙说：

"只要给他们看看我们还是有力量的，让他们不敢轻举妄动。我在这些杂种面前从不后退，他们的尸体将铺满我到华盛顿的一路。"

"我喜欢你用的词语，亲爱的。真的，当你在广播里讲演时，人们总听不太明白。很遗憾。现在，老实说，你可以作为年轻美国人的榜样。"

"让你的那些袜子、帽子和教条统统都下地狱吧！我还有很多事要操心呢。"

他想要坐到一个扶手椅里，椅子背对着衣橱。现在他一点也不想装可爱了，以致杰基感到自己是受欢迎的，同时也觉得像是电影放到最精彩的部分有人从银幕前面走过挡住了她，让她心烦。她想阻止他做什么？她有她的想法，还是那一个，都怪这个约翰逊，总统把她带到他的家乡，他让总统这么易怒。

她不知道他们现在到了一个人的地盘，这个人正在仔细准备自己的材料要想击败总统，这个人傻得都不知道肯尼迪家的人比他高明得多。

约翰逊把肯尼迪引诱进了他的圈套中，让他产生得克萨斯人为了欢迎他的到访会拿出成堆的美钞的幻影。美元在选举运动之初非常有用。

但是，实际上，约翰逊试着想要恐吓他们，就像在1960年，他觉得自己很机灵，被迫在一个挤满他的同伙的酒店里发表一篇演讲，而此时，乔·肯尼迪的党羽已经完全占据了决定总统候选人提名的政党代表大会。杰克被激怒了，但他没有去深究这次新的敌对活动的根源。约翰逊将会挨一耳光，就像在1960年的政党代表大会上那样。

当时，杰克用一种无可厚非的手段击败了他。杰克拒绝回应对他的侮辱。相反，他还以联盟的名义宽恕了约翰逊。约翰逊处于一个很尴尬的境地，不得不在他的情妇的帮助下选择了向他妥协。最终，这就是今天杰克所说的，因为实际情况让他不得不承认他必须抑制住自己的野心。这就是为什么约翰逊后来当上了副总统。

约翰逊在政党内部又挑起了一场小小的争斗。他邀请杰克来达拉斯，这是一座百万富翁的城市，这些富翁像被卖给赫鲁晓夫的梅毒患者一样对经过这里的人揭露有人在古巴危机之后与苏联签订了秘密协议。他在背地里叫杰克"小男孩"。他把杰克当成一个没有自己主见的傻瓜。

在政治圈，人们选择他们的敌人，而不是朋友。他父亲无数次地跟他说。为了在第二次世界大战中赢得胜利，美国选择了和苏联结盟。只不过，形势一变化，"朋友"就改变了，当我们不再需要他们的时候。

现在到了叫约翰逊和他做石油生意的朋友们滚蛋的时候了。

肯尼迪兄弟在冷战中并肩战斗，都致力于看不见的铁腕和不可告人的成功，他们一直都在贯彻这个想法。这是父亲教给他们的，他们知道。

他曾经对鲍比说过差不多一样的话，当他在参议院的问讯团面前，他讽刺芝加哥黑社会的头儿时说："好吧，詹卡纳先生，我原来以为会只有些像这样咯咯笑的小姑娘。"

"你说得太过火了，"乔大吼道，"你会把自己搞下台的。"

这话就像当年他对罗斯福说的一样，当时他请求罗斯福不要向希特勒宣战。

老乔从来不明白越是毁灭性的冲突就越难以避免。他没有从历史中吸取教训。但是命运却让他不能再发表意见了。

杰克接替了他的位置。杰克成了现在的政治群体的首领。"希望我们的朋友和敌人都知道，现在美国的国旗已经交到新一代领导者手中，他们出生于本世纪，受过战争的洗礼，经过了艰难而苦涩的和平的锻炼。"他在得到政党对他总统候选人正式提名时说的这番话。他这番话是讲给谁听的，难道不是给他自己的父亲？他父亲刚在政坛的高处眉头都不皱地经历了一场暴风雪。

约翰·菲茨杰拉德·肯尼迪只和他弟弟商量就决定他们不再需要约翰逊，也不需要得克萨斯州的民主党人。

相反，他不会忘记，他太需要他的妻子了。

他站起身，突然向她走来，但是脸上有对别人的愤怒。

"一年以来，你有很多理由离我远远的。自从卡洛琳从学校放假以后，你在白宫住了二十天！但是从来没有连续待过两晚。"

这一次，她不能再后退了。她的背靠到了墙上，只有面对他。

"你是不是请了一个统计学家来记录啊，亲爱的？"

"不要叫我'亲爱的'，我感觉你好像站在共和党一边。我上了一列全速往前开的火车，我看到你正在我眼前逐渐变小，变小，你就快变成一个小点了，像大头针的头那么大。不久以后，你就会完全从我眼前消失了。那么我们的家庭还剩下什么？"

"哦，事情有那么严重，让你说出这样的话来！"

"杰基，别闹了。你很清楚美国人民需要白宫里面住的是一家人。我需要你在我身边。"

"对不起，我忘了。这正是我的职业。"

"别这样，我求你。如果世界上有一个女人要避免自己成为世人瞩目的焦点，那就是你，美国总统的夫人。你想想我在生活中会有些特权。有人在担忧自己汽车的发动机，有人在操心他养的红玫瑰上的蚜虫，而我担心的是赫鲁晓夫、古巴、越南、钢铁工业、工会、我的选民、华尔街、五角大楼，我还要考虑……难道还要让我在这个名单上加上一个'怨妇'？我也要对这件事组织一队外交官进行商议吗？但那些战斗、思考、权衡、商讨有什么用呢，那些不眠之夜，那些准备为我而牺牲的人有什么用呢，如果最终我的下一次选举因为和妻子吵架而失败？想想那些指望着肯尼迪家族生存的人吧！"

"如果你只想让我的生活靠近舞台，那我的生活就没有意义了。"

"你想让我怎么样？让我陪你去逛大商场，让我星期天去放下窗帘的栏杆？"

他抬抬肩膀，转身朝窗户走去。

"你至少知道剧本的内容吧？我不要求你表现得真诚和真实，我只要你在面对摄影机镜头的时候微笑。这并不是什么难办的事情。任何一个傻瓜都能办到，对不对？你以前在中学不是拉拉队的女生吗？可惜，至少你应该学到点儿有用的东西！"

"你真的太有表演天赋了，杰克。"

"但是，天啊，你随便看看杂志上：你现在是那么受读者欢迎，每一个动作，说的每一句话都会引起轰动。你和孩子们就是我最好的广告！"

"这正是我担心的。我不想再生活在玻璃瓶里了，杰克。"

他示意暂停，然后转过身来。

他对她说的话太残忍了。但是他没有选择。就像是医生在面对病人时，直接指出病症所在，以便于病人能走上治疗的道路。

"我很抱歉给你说这些，杰基，但是你现在正变得越来越不招人喜欢。"

她突然爆发出近乎荒唐的大笑，出乎他的意料。

"你马上想说的是我阻挠了你的竞选，是这样吧？在我为你做了那么多之后！"

她说出了她最不愿意说的话，这句话把夫妻的关系推到了尽头。

现在，她的话里充满了尖酸刻薄。

她以前总把他奉为君主。她老是假装什么都不知道，什么都没有看到，远离现实的一个生活在想象中的人。她一直把他看成是战无不胜的国王。她的职业就是做他的妻子，以致让他相信她是扶着他的手臂，需要他支撑的人。

因为没有说的事情都不存在。

但是，既然他想算账，她就要帮助他。

"那么，我们把所有的事情都摆到天平上来衡量。但是要把收益与损失分配均匀。"她直接望着他的眼睛说。

总统在房间里大步地来回走着，他不想任由自己被她或者别人搞得这么狼狈。

她应该站在他身后，而不是对自己的重要性那么在意。需要立刻把她的统治欲望降下来。

"受欢迎，并不是让你在巴黎抽烟，而是热情款待国会议员们的妻子，当所有人都知道你今天晚上会去看戏时，不要不做任何修饰就出门。受欢迎，是要你说话像一个美国妇女。表现出你和别的美国母亲有一样的忧虑，你分享她们的生活，你支持你的丈夫。"

杰基的笑声愈加嘲弄了。

"我用里摩日样式的瓷器装茶水给她们喝——对不起，不是里摩日产的。你想要我请她们来喝茶，在美国式的茶会上，向她们征求对我穿着的意见，还有星期天早餐的一些小菜谱……"

她此时轻蔑地看了他一眼。

"而你，你会去买一双漂亮的小布鞋，挂在壁炉旁边，等你回家的时候，它们就已经被烘暖和了。对，真的，这将会太棒了！我知道你需要与你北约的盟友缔结友好的关系，也要和苏联共产党的总书记缓和气氛，你还想认识戴高乐总统……我曾经以为，要让你开心，需要在你吃饭的时候邀请世界知名的大作家和艺术家。大错特错！我对此深感抱歉。你和约翰逊夫人以及罗宾逊夫人见面比这个重要多了，这些华盛顿最唠叨的大妈们。她们，她们能给你一个很好的口碑，教你那么多有用的东西。只不过，你应该是对的，如果你明白我说话的意思……"

他鼓起掌来。

"真有趣。太好了！你看看，只要你愿意，你就会做得很棒。"

然后，他用一只手指指着她，谴责道：

"我知道你对选民没有兴趣。你是受世界瞩目的女人。有教养的人在饭桌上从来不谈论政治，对吧？他们把这个话题留给了粗鲁的爱尔兰人。你，你对历史感兴趣，对伟人们感兴趣。如果人们给我们投选票后就消失，不再关心，这不是很好吗？以前我们都待在自己的小圈子里，高级知识分子的圈子，有教养的富人圈里，那些人太有钱了，可以确保我们的权利，确保我们享有的特权，和我们的优先地位，在我们修剪得很整齐的花园里，人们忘记了生活的不愉快和自身的不幸。但是，现在这些讨厌的人对我纠缠不休，而且，要求我倾听他们的意见，和他们谈话。有时候，还会拍拍我们的肩膀。你放心，我不是让你把家安在一个小街区，让孩子们在街道办的学校里上学。我只是想让你改善你和其他政要夫人的糟糕的关系。不要再把她们都看做你母亲的翻版。试试让她们觉得她们是很有魅力的，虽然你完全有权对她们不予理睬。也许，通过这个方法，你还能发现那些经常和你来往的老人们就像年富力强的爸爸一样。"

"你这个无耻之徒。"

"不！我向你保证，你不用去加入什么杂色方格布俱乐部。只需要稍微努把力让自己更随和一些。给走廊里遇到的记者们打个招呼，问个好，记得他们的名字，尤其是不忘记他们孩子的名字。这些细节就会让你发生变化。"

"哦，好！我邀请她们陪我一起去浴室，当我想要化妆，或者当你需要刮胡子的时候，让他们拍摄我们早起的漂亮照片。或者我们在给孩子们洗澡的时候，在孩子们的小床边给孩子们讲故事的时候，这就是你想要的吗？"

"为什么不？一点儿小事就可以让他们高兴了。"

"你把我当成被耍的猴子了吗，杰克？你是不是以为只要参观者给我扔来几颗花生，我就会把屁股露给大家看？所有这些记者的好奇心，一想到他们会把我的想法用最下流的语言翻译出来，我就头疼。我觉得他们正在进行追逐世俗的比赛。"

在她面前，他双手交叉抱在胸前，就像他刚才在他的办公室主任面前的动作一样。

"你有什么用，杰基？你不就是给我带来选票的吗？"

这一次，他没再开玩笑了。

"总统的职位，无论如何，我会不惜一切代价争取。就算下地狱也在所不惜。你担惊受怕的妇人之仁根本无法阻止我。你不知道人们为了争夺总统的位子什么都做得出来。还有人被谋杀。"

"我从来没有听你用这样的语气讲过话，杰克……"

他说话的方式让她伤心了。在他的这些话后面隐藏着一个她所不知的世界。她意识到某些她应该避而远之的东西，就像佩罗的童话里那个秘密小屋，只有丈夫可以进去，妻子是禁止入内的。

"你曾和罗斯·肯尼迪一起坐过出租车吗？"他继续说，"这个你蔑视的、觉得很'滑稽'的罗斯·肯尼迪。从来没有？告诉你吧，当罗斯登上一辆出租车的时候，她马上会给司机作自我介绍：'我是杰克·肯尼迪的母亲，'她说，'你应该选我的儿子，相信我，我很了解他，他是一个不错的青年。他将会做对美国有益的事情。我的儿子总是在做对美国有益的事情。'她总是在出入办公室时，对遇到的人说这几句话，或者跟她买东西时遇到的小商贩说。罗斯童年的时候，从来没有看到她父亲安静地吃过一顿饭。波士顿的市长总在忙于为他的同胞们排忧解难。甚至比一位家庭医生还忙。这就是政治，杰基。当我站在台上，被摄影机包围，灯光把我照亮，我要讲的就是新边疆、和平工作队和公民权。不要忘记我是怎么上台的，我的脚下还有泥土和垃圾。还有很多人的手等着我握。你应该接受你的浅口皮鞋被弄脏，亲爱的，你的白净的小手也被弄黑。"

"我讨厌政治，杰克，都是些谎言，都是些小偷，都是些骗子。"

"作为肯尼迪家族的一员不喜欢政治！你说话还真逗，我的天使……我来给你解释你应该怎么做。你让记者们相信你把他们当朋友看，你们是一个世界的人。你告诉他们你的兴趣爱好。这是非常珍贵的新闻，因为你那么长时间以来从没有给别人透露过。他们就会接受你的友谊，信任你，为了得到真正的新闻优先权。相应的，他们就会接受你的苛刻要求，而唯恐没有把你列入世界上最高贵的最受欢迎的女人。相信我，他们绝不会犹豫。他们让你来选照片。你可以自己去掉任何你不喜欢的照片，因为你的眼睛下面有黑眼圈或者一条新的皱纹。如果有那么一天，意料之外的一次，他们中的一个人对你不利，那么我就会拿起电话，帮你把事情摆平。但是，你不用担心，担心是没用的。他们总是很听话的。如果我的敌人只是记者的话，我就生活在天堂了。"

"我做不到。你让我和一群吸血鬼一起分享我的生活。他们生活在我们周围，他们吮吸着我们的生活，我们孩子的生活。"

"这是一位老摄影师在说话？我想起你还有个照相机，现在的名字叫什么？"

"快速照相机。"

"对，就是这个……而且你还提了一些很高明的问题：'参议员肯尼迪先生，您认为一起吃早餐的夫妻会比其他人寿命短吗？'或者：'在牙医的牙钻头面前，男人和女人谁更勇敢？'"

杰基·肯尼迪的鼻孔在剧烈地抽动，眼睛也在不停地眨着。她想把很多事情都忘掉。她过去的生活就像关在壁橱里，用遗忘来锁上的幽灵。

她好像一只猫，在努力地刨地，想要埋藏自己的粪便，但一遇到亮光就马上躲闪开。

对，现在，闪光灯让她疯狂。

对，杰基与1951年刚当上记者的时候不同了。她有太多的事情无法忍受了，例如她每次怀孕的时候，记者们偷拍她圆鼓鼓的肚子。

他们想尽办法跟踪她去诊所，或者化验室。他们什么都想知道，她的体重，她的体温曲线。据说，他们一直在为她算着日子，他们还在日历上找出她受孕的那一天。

她不能忍受他们对她的感情的窥视，对她的面部表情的仔细观察。她不能忍受他们跟在她的孩子后面，抓拍他们在白宫花园里的滑稽动作。她很讨厌在报纸上发现自己卧室的照片。

这是强奸。她恨死了摄影师。她丈夫在某种意义上说不仅是记者的辩护人，也是他们的同伙。他常常利用她不在的时候组织新闻发布会。

这就是为什么最近一次她在希腊度假的时候，《生活》杂志登出一系列约翰–约翰穿着睡衣在他父亲的办公桌底下玩耍的照片。在任何一个国家这样的照片都不会没有好处。她感到羞辱。"至少这个报道能使人忘记你在奥纳西斯的游艇上的照片。"当她抱怨这件事的时候，他轻描淡写地说道。

随后，他又重新炒起了剩饭。

"我再也不想看到你去年在拉瓦内罗照的照片。"

"但是，杰克，你很清楚这个故事完全是编造出来的，那天晚上，你很清楚一共有十个人在一起吃饭。"

"我不管真相是什么，杰基。只看表现出来的。我看到选民们看到的：你，在昏黄的小油灯下，与一位意大利的花花公子头碰着头。"

"你忘了他们重新调整了照片的取景范围，为了不让大家看到和我们坐在一起的那个意大利人的妻子，还有其他人？这证明这些卑鄙小人只想做坏事。"

"你错了，这证明了他们讨厌你。如果你允许他们拍摄你和卡洛琳在沙滩上玩耍的照片，这样的事情就绝不会发生。"

她摇了摇头。她就是一头被人牵着鼻子走的母鹿。她被人暗算了。无处藏身。

1962年夏天在意大利的拉瓦内罗，她在露天跳舞。有一大群朋友围在左右，长相英俊，高贵富有。在他们中间，有一位很有魅力的米兰工业家乔瓦尼·阿涅利，杰克对他的妻子赞不绝口。

一天晚上，他们一起到村里的一家酒吧去跳舞。天气很热，几盏油灯的光照着舞池。红葡萄酒非常甘甜清冽。杰基穿着白色的紧身裤和平底鞋，在其他人中间不由自主地跳起了摇摆舞。三天以后，日报的头版上都登出这样的消息：新闻照片的说明上这样写道，杰基跳舞直到凌晨三点。而此时，总统正一个人在白宫辛勤工作！

最后，这件事至少给杰基留下了美好的回忆。因为接下来肯尼迪给她发来一封漂亮的电报，说："少和阿涅利接触……多和卡洛琳在一起……"这封著名的电报她想独自收藏起来！

这封电报后来怎么被登在报纸上的？她一直不明白。不能信任任何人。这群爱管闲事的人到处插手……因为他们，她的生活被改变了，他们真的太荣幸了。

显然，有人建议她放弃希腊的旅行。当然，她拒绝了。显然，这个新的越轨行为没有被放过。

又一次，记者们不满意。又一次，他们忘记了列出登上"克里斯蒂娜"号的十多位客人的名字，在他们中间有李，一个小妹妹，她很想嫁给这位像上帝一样有钱，像克罗伊斯一样丑陋的"希腊人"。

杰克在玩火。没有人比他更了解他的生活在媒体上的作用。他把他的家庭也当做了竞选的一个话题。很多人都把他看做一个年轻而有魅力的父亲，有一位美丽的妻子和两个漂亮的孩子。家庭使他在美国人心中乃至世界人民的心里都得到了无人能匹敌的好感。

但是他安排得天衣无缝，没有人知道这里面到底哪些是真实的！

如果，有一天，人们发现他在弄虚作假呢？如果，有一天，人们揭示出总统和夫人几乎都分居生活，而总统在追逐每一个经过他身边的女孩。

约翰·菲茨杰拉德·肯尼迪从来不害怕把他的情人们带回白宫，不仅是为了更方便，还因为他喜欢接受危险的挑战，因为没有什么能比突破禁忌更让他兴奋了。笔直地躺到夫妻的双人床上，他会摆出一个奥运会的姿势。这就是权力。没有尝试过的人是不会明白的。

权力，需要衡量，需要具化。自从很久以前的夜晚，有权有势的人就像太阳吸引行星一样吸引着女孩。不用做江洋大盗，杰克从来不做害人的事，他从来不做黑弥撒，不绑架别人，不强奸或者其他犯罪：那些拒绝他的女孩很快被他忘记了，甚至忘记得比接受他追求的女孩还快。

如果，偶尔有时候，他更喜欢需要他付钱的女人，其实是好奇心驱使，因为人们都被他的微笑所迷惑……在约翰·菲茨杰拉德·肯尼迪面前，女孩们膝盖发颤，满脸通红，心跳加速，就像在马克·卡特尼或者米克·贾格尔面前一样。这怎么可能？因为他是个明星，这就是必然的。

所有的这些故事都是喜剧收场。人们从来走不出古老的大森林。最强壮的公鹿继续在嚎叫，让整个族群都遵从它定下来的规矩。人们不再清楚他来自哪片庄严的森林，但是认识保卫他安全的军官和所有围着他转的仆人。

在野生动物中，族群的首领都是在发情上享有特权。人类也是如此。性和梦想都是杰克强烈追求的，是他想要统治人民的大秘密。

约翰·菲茨杰拉德·肯尼迪相信他在政坛上的成功都是基于他在性关系上良好的表现。他能让女孩们赞赏不已，都是他很会撒谎的功劳。

他怀疑以他的幽默、他的聪明、他对强盗的诱惑力，杰基应该能明白他的。他的谨慎，他的独立不能得到认同吗？

相反，几乎没有美国公民认为他们的总统不遵守二十世纪人类的基本法律，不遵守比法律更古老的风俗。相反，他并不缺乏令人扫兴的事情来向别人解释他应该作为他的人民的榜样，就像他可以做所有美国小孩的父亲一样……废话。

他的榜样是怎么样的呢？他父亲每星期天带来回家吃午饭的情人们吗？

不，所有的这些都很虚伪。人越有钱，就越自由。

摩门教徒的村庄只不过是郊游的地方。清教主义，一种美好的回忆，只会发生在感恩节那天。在他们的内心深处，美国人已经知道了这一点，甚至是最南部的美国人，甚至是得克萨斯人。

但是，有时候，杰克发现自己要面对的是一位道德的楷模。通常情况下，是一位矮小的老太太，头发近乎蓝色，让他回忆起1960年参加竞选时，在路边挥舞着手揭露他的丑行的那些老太太。

他认识她，她曾是潘以前住的房子的房东，他让她做杰基的助手。

他对她软硬兼施，终于让她住了口。要想让她像傻子一样生活并不困难……人们都想听自己愿意听的东西。永远都是这样。在那个时候，没有人希望看到他是一个好色之徒。他的年轻情圣的形象已经盖过了一切，她就是他最好的保护伞。

自从形势发生变化，亲眼目睹他的行为的人越来越多。

当然，他知道怎么去骗人。大部分人都很崇拜他。他与生俱来的讨人喜欢的天赋无人能敌。他的顾问们、保镖们为了他放弃了照顾自己的家庭，忘记了休假，抛弃了妻子……因为作为交换，他们能经历别人都不可能经历的各种冒险，而且这种博爱的感情让他们只想要去战斗。

然后，他不忘在他的身后留下点儿甜头，有时候是整块蛋糕。他甚至知道什么时候应该在金钱的欲望面前闭上眼睛。他充分地证明自己的正直。他是真正的中世纪的爵爷，让他的士兵们都在马上生活。很多人为了他而自相残杀。

其他人更愿意保持沉默。他们有时就像一个积木游戏中的木块，但他们不知道。当他们其中的一块坍塌了，整个积木就可能会倒下！最糟糕的，也是最有害的就是被欺骗。

于是，老胡佛在六十八岁时，最担心自己会因为年龄太大而被踢出联邦调查局的大门。他在二十九岁时就是这里的头儿了！

他搜集那些报告、传单、照片，尤其是私人谈话录音有什么用？他被认为是可耻的同性恋者，他所做的那些工作不能避免他受到打击。他只能保住他那些气势汹汹的手下的钱袋。

约翰逊也数不清楚在白宫进进出出的女孩有多少……但是，他藏匿了一个私生子。

杰克对这些细节都不关心，有人替他操心。鲍比记录了以后可能会有用的人的名字和地址。这些就一直够用吗？

难道人们还能躲在一个隐居者，一位来去无踪的希腊英雄，一个可以解开秘密的老家伙的后面？难道人们躲在不成功的间谍后面？统治，就是要预见。

杰基现在已经只有最后一根救命稻草了。

华盛顿还没有谁可以装出一副英雄的样子，揭露这种事情。但是，在美国边城小报的记者呢？谁能夸下海口说能完全控制他们？

杰基应该目光更长远一点，而不是只看见眼前的不快。她应该变得积极一点。

总是要回到现实中来。远离羊群，就不可能不让虎视眈眈的野兽有一天来吞噬它们。

拉瓦内罗的事件最终对他很有用。让他测试了一下她的防御工事。天真善良的美国社会很轻易地就会相信这么一个传闻，主角是一位名叫杰基的浅薄而时髦，有时还不忠的女子。他因此又会受到新的同情。难道他孤独地和他的儿子在一起不令人怜悯吗？

至于那封电报，更是高明，这一点不得不承认。一开始，他是出自本能地给她写那些话，因为没有打过电话："少和阿涅利接触……多和卡洛琳在一起……"人们可以自由地理解这句话的意思，这是一句重申秩序的话，同时也让形势朝对他有利的方向发展。

这不公平，那又有谁曾经认为政治会存在公平？要相信这样的蠢话，除非只穿着内裤。

让杰基承担这些不公平但是对他有利的事情。有一天杰基能做保险丝的。

他不忠诚吗？是谁的错？

总统继续说道：

"你还记得你回答记者提问，人家问你给我们的狗喂什么吗？你说'记者'。那天所有华盛顿的人都笑了，这篇报道上了专栏的头条。"

"如果不能时常打击一下这些记者的嚣张气焰，我嫁给世界上最强大的男人又有什么用呢？"

"白痴！是记者们捧起了肯尼迪家族！他们将在我们当政的时候继续活着。在这个可恶的国家，每个人的任期只有四年，而且只能连任一次。是你应该改变，杰基。他们绝不会改变，而且还会越变越坏。你应该变得无懈可击。一位美国总统夫人应该有双美丽的眼睛，脸上带着甜美的微笑。"

"是谁揭穿你所有的不忠行为，是他们吗？"

他没有想到她那么快就直奔他最担心的话题而去。再也骗不了她了。再紧急也不能让她害怕了。

"不管怎么样！你都应该做出一个爱护丈夫的表率。给人的印象最重要。老年人常说：'你是什么样的不重要，重要的是别人认为你是什么样的……'没有人去读照片后面的那个长篇报道。人们只对一个标题或者一个细节有印象。'看啊，她看起来不高兴。'或者：'她妆化得太浓了。''为什么她老戴着墨镜呢？'"

他没有发觉她已经不在听他讲话了。她正听由自己心里冒出怒火。

为什么别人老是强迫她去看自己不愿意看到的东西呢？

"我才不在乎别人怎么看我。我宁愿他们什么都不想。"她嘟囔着。

"对我来说相反，我希望有很多想法，很多很美妙的想法。我再没有任何办法得到他们的认同感了。他们说什么和想什么有什么用？只不过是一阵风，一堆印刷过的纸，很适合用来点小油灯，或者包裹从酒窖里拿出来的酒瓶。老年人总给我们说：'政治，就是美国人的电影。'他说得有道理。在海报上，美国人需要自己喜欢的主角。他们对柏林发生的事情漠不关心。他们什么都不懂。他们只想要一面迎风飘扬的旗帜。好莱坞完全朝政治方向转变。以前，他们希望能给他们找一个工作，在医院或者大学里的职位，现在他们想要充满梦想。怎么才能让他做梦呢？你认为我为什么能战胜尼克松，这个第二次世界大战的孤儿？因为这龟孙子紧张的时候会表现出来。在广播里讲话，他还能取胜。但是，出现在电视上……我们的拳击赛就不在一个重量级上。当我决定了做一件事的时候，没有人能抵抗得住。所有的这些形象都比我们的行动更重要。印象带来信任，就像光滑的清漆表面会吸引灰尘一样。"

约翰·菲茨杰拉德·肯尼迪，皮肤被晒得黝黑，在大西洋冷冷的太阳下行驶着的一艘帆船的驾驶舱里，他的孩子们都坐在他的膝盖上。约翰·菲茨杰拉德·肯尼迪在他那椭圆形的客厅里，他儿子，他的姓氏的继承人，躲在他的书桌底下。约翰·菲茨杰拉德·肯尼迪就像一位诗人一样发表演讲，就像一位神话中的国王。

她都看过这些照片。历史性的一幕！

"为什么你不能把我们的夫妻关系当做一个歌剧院里的剧目？你喜欢戏剧，把我们俩就看成是演戏的搭档，上了同一条船。说谎，诱惑，相比在黑暗中策划的阴谋来讲是微不足道的。"

他一下子坐进扶手椅里，用手指梳理自己的头发。他叹了口气，好像突然就累了，缓了缓气，闭上了眼睛。

"亚瑟和圭妮夫尔。"

这是一句玩笑话？她知道他指的什么，这是一部在百老汇取得巨大成功的音乐剧，他总是在晚上睡觉前拿出唱片来放一会儿这个音乐。

杰基没有心情哼歌。她的眼睛闪闪发亮。上下颌咬得很紧。她爆发了。

"你搞错了风格！你的风格更贴近奥斯卡·王尔德[1]。你知道……道林·格雷：一幅放在阁楼上的肖像，自己膨胀并裂口，把

1　王尔德（1854—1900），爱尔兰作家，作品有《道林·格雷的肖像》。

所有主人翁想要掩饰的缺点都暴露出来了。小心不要让这一幕发生在《时代》杂志的封面上，你可有两百万追随者呢。"

她尖刻地冷笑起来。

对他就该答非所问，充耳不闻。

"有一个美丽的爱尔兰传说。你应该把白宫改造成一座新的亚瑟王的城堡，卡默洛。但是要稍等片刻，让朗斯洛[1]做出选择，不要认为他太老，或者太有钱。"

他真的很有胆量。她惊呆了。接着她明白了。

他病了，仅此而已。

他站起身来，迈开步子，走了几步之后，他感觉放松了，远离了死在扶手椅里的恐惧。

突然，他踉跄了一下。

1　亚瑟王传奇中的人物，圆桌骑士团骑士。

4

　　杰基抑制住自己过去扶他到扶手椅的想法。她知道他讨厌别人的援手。已经十年了，这期间她明白，总统想要强迫控制她的感受的时候是最危险的。他就像一只容易受伤的昆虫，有着很好的伪装技术，需要在公众面前耍些花招。

　　"在肯尼迪家族，失败者是没有地位的"，这是他们野蛮的族群的准则。对那些在斗争中失败的人就是灾难。对罗斯玛丽来说就是如此，她是小妹妹，但是残疾了。在有些家庭里，人们总会放慢脚步去适应脚步最慢的家庭成员的节奏。在肯尼迪家，耽误了一个冠军就是犯罪。

　　从小时候起，杰克就在雅尼斯港、佛罗里达州和医院里度过。他在充满酒精气味的环境中生活了多久呢？几个月，几年？他总是感觉很孤独，于是很绝望。他应该看到他的父亲泪流满面，因为有人告诉乔，他将会残疾，并且说，无论如何大家都很爱他，虽然他不太符合一般的道德规范。乔病倒了。这是他第一次看到乔哭。相比之下，他比较沉得住气。当有人告诉他，那些宣称要来拜访他的人现在又取消了会面时，这对他没有影响。未来是什么，当我们都把一切设计好了？一种想象。只有现在最重要。

命运难道没有给他一千个理由吗？

只要不被别人看出他紧紧地握住拐杖就行了。

没有一个记者会格外注意他的走路姿势。比这更麻烦的是他穿着男衬裤在椭圆形客厅旁边的"祈祷室"里和一位女孩子在一起。

他的背已经无法医治了，他越来越难离开他的紧身衣了。而且，他还有免疫系统的疾病：阿狄森氏病。再加上他身上还有其他的病。但是这又有什么变化吗？任何事情都不能阻挡医学的进步。

自从二战以来，杰克的身体就再也没有这么好过。

这就是为什么别人不能理解他会如此地献身于享乐。一个人的欲望能从年轻时候一直持续到生病的时候，而且拼命追赶失去的光阴。

好像世界上有些人就不知道自己到这个世界上究竟是来干什么，也不知道"所有这些都有什么用……"，就是这种困惑怀疑让他笑得要死。因为他根本就没有犹豫过：要么享受，要么拿走。在最快的时间内狼吞虎咽所有能吃的，再等着困意来临，深度睡眠来得很早，总是很快。

当约翰·菲茨杰拉德·肯尼迪和一个女孩在一起的时候，他就是个男人，超出了他的躯壳。

当杰克和拐杖在一起的时候，他又变回那个可怜虫。人们尤其不敢让他想起得过脊髓灰质炎的弗兰克林·德拉诺·罗斯福一直都是最受美国人欢迎的总统！一想到这位残疾总统把一块方形毯子搭在膝盖上的样子，就让他恶心。他和这个蔑视他父亲的老头子从来都不能相提并论！这个老头还让苏联人偷走了属于美国人的胜利！

于是，他学会了在任何环境下都保持微笑，就算是最糟糕的情况下。这是他工作的一部分。

莎士比亚不止一次地写过：人生就是一出戏。说到底就是弱肉强食的原则，受伤的人要躲起来，逃避杀手的追踪。

杰克讨厌别人用怜悯的目光看着他，就像他讨厌告密者一样。他要求人们按他的方式行动。"我——们——不——能——互——相——窃——听。"他还记得他母亲的话。

当他结婚两年后，他又需要做手术，他住院的时候就把玛丽莲·梦露的巨型海报贴到病床上方的天花板上……对这位让全世界都为之着迷的女明星的想念是他继续躺在光板床上的唯一理由！即使他双腿残疾，也想让别人相信他曾是跑步冠军！

杰基知道她背后有什么。她与公众之间有一条看不见的裂痕。亮起红灯的性爱，已经在她强烈的生存欲望之下：她有几个星期都绑着绷带。这一点儿也不浪漫。血在往外涌，脓在往外流……她清楚她的黑眼圈后面是什么。真相被隐藏在微黑的眼圈里。

她对这些小药瓶很熟悉：可的松像仓鼠的小脸，能抑制疼痛和阻止睡眠。奇妙的可的松能够让你和所有魔鬼搭上线！变年轻的欲望。啊！真是一个好发明。它已经改变了杰克的人生。

以前，他父亲在保险柜里保存着很多这样的药瓶，从美国东部带到西部，甚至到了瑞士，这样他就从不会短缺。就算在世界大萧条时期，他的存货也够他用十年的！

他很早以前就被劝说不要服药超过四十片，服药后发现地平线有些重叠，直到景物从眼前消失。

他吃可的松的量越来越大。他每次都想比前一次多些。这些离不开的小药丸使他精力充沛，他要多少，那位被他叫做"舒服医生"的古怪的家伙就给他多少。

这种药能至少在几个小时内消除疼痛。这是最主要的功用。每一次，当药物真正起作用的时候，难道不是永恒的吗？这种药能让你精力充沛，把你带到顶峰，觉得一切的梦想都可以实现。苯丙胺，同样也是一个重大发现！

即使疼痛以后还会来。即使疼痛总是抢占着一块阵地。

就像别的一样，它坚决地欺骗着她。

就像别的一样，她从来不会戒掉它。

他想坐到扶手椅的扶手上。杰基知道为什么。他的紧身衣让他很不舒服，在他弯腰的时候。汗水从他的额头上流了下来。他取下领带，把它用一个金挂钩挂在白色衬衣上，衬衣挂得歪歪扭扭。两块冰块漂浮在他的杯子里，他和着从衣兜里拿出来的药片一饮而尽。现在他需要的就是到游泳池里游上几圈。

游泳池……

他父亲把白宫周围的围墙用一种异域风情的植物装点得密不透风。这就是杰克的天堂。他的享乐窝。

因为只有游泳和做爱能让他感觉放松。这两件事都能让他感觉失去重量，飘飘欲仙。

于是，他有了探索星星的兴趣。有些人认为他会在宇航方面超过苏联人。他对苏联人不屑一顾。在月球上行走，是征服了一个人类没有重量的世界。

太空让他产生幻想，好像一个再也没有病痛的宇宙。水、女孩、月球，真是一场电影！

但是在沃斯堡这个穷乡僻壤的酒店里没有游泳池。

杰基一切都明白。他需要游泳，需要做爱。杰克需要女人，就像需要吃饭和呼吸一样。呼吸上流社会的空气还是街边人行道上的，都无所谓。主要是要健康，要换换气，次数越多越好。

"做爱让我的大脑不再疼痛。"他总是这样解释。她才不想为这点儿小事而哭泣，她可以想想别的事情。随后，他就很投入地工作。他有自己的自由，她也有随心所欲的天真的自由。

他的职责是做一个好儿子、好父亲和好总统。一位好丈夫的责任完全被抛弃了。他放弃了一头由他来控制的完美的家畜。

"无限制的纵欲是一种'虐政'，它曾经推翻了无数君主，使他们不能长久坐在王位上。可是您还不必担心，谁也不能禁止您满足您分内的欲望；您可以一方面尽情欢乐，一方面在外表上装出庄重的神气，世人的耳目是很容易遮掩过去的。我们国内尽是自愿献身的女子，无论您怎样贪欢好色，也应付不了这许多求荣献媚的娇娥。"《麦克白》第四幕的第三场。

他把这段台词背得很熟。有谁会觉得奇怪呢？莎士比亚是他最好的伙伴。杰克不是第一个也不是最后一个与权力亲密接触的人。那么让全世界的女孩都想入非非是不是他的错呢？知识分子，家庭妇女，理想主义者，癔病患者，美国北部的妇女，南部的妇女，意大利移民，爱尔兰移民，中上层社会的白人和其他的女人？至少，杰基相信他会对这些女人都一视同仁：焦急，总是焦急，就像他在自己家一样。"兔宝宝"……

这样看来，一切都是公平的。

杰基很了解他，但是她拒绝别人提起来这件事。她知道所有的解释，她明白由于他自我感觉很脆弱，他觉得自己是不可战胜的，由于他一直被宽恕，他最后感觉自己在经受选择。人民的选择，上帝的选择。她还明白由于他知道自己是难以拒绝的，他最后就可以凌驾于法律之上。每一个发现对她来说都是一次重大的打击。没有人知道她明白的这些事情，但是她一直坚持维系着。因为他是她命中注定的男人。

她从见他第一面就知道这一点。当时，他并没有要握她的手。如果他当时对她穷追不舍的话，他们就会在两周之内结婚！不过，她要耍点小手段。她消失了，为的是激起他的想念，她从来不让他安心，不让他认为他已经拥有她了。

于是，他们见面之初，她不告诉他她周末在哪里过，她让他在那里等，也滋生了神秘。男人越是不忠，他们就越是不把女人当回事。他完全想不到，除了爱他，她就再也没有见过其他人。相反，他认为她和他一样，不会安定下来。

她表现得这么机灵是不是对呢？

现在，至少，他需要她。为了政治上的原因，他不能抛弃她。她尽可放心，因为政治是他唯一担忧的事情，从来不曾懈怠过。

但是，她继续消失。并不是激起他的想念。只是不想让他知道在她身后发生了什么事情。

她负责照料在威克斯福的新房子，她让他在弗吉尼亚州买的，他很讨厌在这里养育肯尼迪的后代，即使她给这个爱尔兰村庄取了一个好听的名字。这里还有建一个大型图书馆的计划。历史能让人忘记现在。古董、马匹、妇女时装店。

花钱、购物、攒钱、为物欲所陶醉。忘记他并不想要她。每个人都有自己的伤口。世界各地的人们都在欢呼她的出现，她的喜好，她的年轻，她对她的丈夫漠不关心。

她是他唯一尊重的女人。笑死人了。她的丈夫和所有女人睡觉，唯独不和她睡。但从前有一天，他对她说她是他唯一应该娶的女人。想想吧……

也许这是真的？也许需要等待，期望，也许当他老了的时候，他就会相信爱情。也许……

但必须要坚持到那个时候。忍辱负重。用手捂住眼睛、耳朵、嘴巴，就像老年人餐桌上的小丑。

这就是罗斯给她的建议。一位年老的夫人给一位新嫁娘的可怕的建议。

他们在蜜月旅行时，去了阿卡波可。三天就结束了，他已经很不耐烦了。他借口离一位二战时的老友家很近，就租了辆车前去拜访。多滑稽的蜜月。

从此以后，她通常看到他的时候都在做航海旅行，吃饱喝足，非常厌倦，渴望和她见面，但又感觉陌生和缺少慰藉。

要让他明白爱他的人在知道他爱别人的时候是什么感受一点儿用都没有。不可能和他分享这种感受，他管这个叫"受伤的虚荣心的小伤痛"。但是，他尽全力了。他有时会好奇地听杰基说话，带着医生那样的保持中立的热情仔细观察这位哭泣的女人，就像一个昆虫学家在观察一只蜻蜓。

这不是他的错，抱怨和责备让他很惆怅。惆怅让他昏昏欲睡，比催眠药都管用。

他，当他不舒服的时候，他就去工作。工作是一个大秘密，也是唯一的解药。工作中有快乐，还有可的松。

"你今晚不出门吗？"她最后用一种生硬的语气问道。

真是大胆！太胆大了！

他没有回答。

他看着她，但她没有回望他。她在镜子的另一边，离他不到一米远，整个身体都陷到扶手椅里。

她的手指奇怪地放着，好像右手就要沉没了，在绝望中抓住了左手。她的头转向侧面，朝着门的方向，仿佛有人要进来。她点燃一支香烟，失神地抽着。

不久以前，在休斯敦机场，他还发表了一篇精彩的演说。他讲了一个故事，一个爱尔兰小男孩面对一堵他害怕穿越不过的高墙。接着，他把帽子甩到了墙的另一边，为了去爬这堵墙："美国已经把自己的帽子甩到太空这堵高墙的另一边去了，现在我们没有选择，只有继续向前。"他最后总结道。掌声、尖叫、欢呼声四起。

她能读懂一点西班牙文。七十三个字。她自己觉得很糟糕。直到有一次，他感谢她说："你太棒了。"

于是，她觉得非常幸福。

但事情到此为止，他又走神了。他可能正在想别的女人……一想到这个，杰基就觉得喉咙发紧。她甚至张开嘴想要呼吸更多的空气，就像一条在浑浊的水中游泳的鱼。

就算她拥有无可挑剔的身材，就算她的皮鞋是靓丽的漆皮，就算她的妆没有花，就算身着卡西尼的服装，她的样子看起来也不过就是个家庭主妇。

"如果没有男人想要我，那我就一无是处。"在她内心深处，一个绝望的小女孩的声音在这样说。

这个男人，对她唯一重要的男人，名不副实。杰克，这个名字就像吹过旗帜的一阵风。

杰克。她觉得他的心都在别处。

她把美国总统当成了一具行尸走肉。

在杰克·肯尼迪竞选行程中的这一时刻，他被一个消息困扰，让他看起来心神不宁，态度不好。这是他的地平线上的一次风暴，比横扫得克萨斯州的风暴还要强劲。

"这个尼克松的走狗怎么不滚到达拉斯去？"

他的办公室主任刚告诉他这句话，同时还说了一些他在迪利广场附近的大街上听到的脏话。

＊＊＊

杰基掐掉燃了一半的香烟。她的口红在过滤嘴上留下了嘴唇的痕迹。她站起来。他终于看她了。他在想她是不是会自己径直去睡觉，就像以前她生气的时候一样。

他相信她不敢这样做。不敢在这里这样。因为他知道她总是认为自己有责任照顾他。如果房间里还有别的女孩，她就会马上走开。她很自由……她就是这样的，有点压抑，但很顺从。女性喜欢自责的思想真有用。

他在心里暗暗打赌她会回转身来。他赢了：她又出现在他面前，没有穿鞋……手里面还捏着一个阐述美英关系的报告，这是他给她推荐让她看的。

哦，他还没有明确告诉她，为什么他会坚持要她看一份美国中央情报局的报告。她当时看着他，有些吃惊。没有太惊讶。她习惯在每次他们接见重要外宾或者重大的国家会见前看一些资料。这是她的工作。杰基是一个认真的人，不会忘记自己的职责。

麦克米兰，英国政府的首脑，是他们的朋友。他甚至是他们的家庭成员。他的夫人多罗茜女士是他们的阿姨，跟杰克最喜欢的妹妹基克是亲戚。基克甚至还是德文郡公爵家族产业的继承人之一，公爵是多罗茜女士的哥哥，英国首相的大舅子。应该是前首相，因为他刚由于丑闻被弹劾了。是一件道德方面的丑闻，掺杂着间谍事件，他在其中还不是主要角色，但政治就是这样的。要倒霉就一起倒霉。

普罗富莫事件，来源于国防大臣约翰·普罗富莫的名字。他的罪名是与一个名叫克里斯蒂娜·凯勒的女人发生不正当关系，她是一位上流社会的交际花，同时与苏联的高官有联系，这起案件轰动了整个英国，并波及到别的国家。从那以后，英国人再也不关心麦克米兰的成功了，他们的首相说服美国和苏联停止核试验对英国人也没有意义了。

所有的一切都不引人关注，而这个危险关系的细节却在报纸杂志上大加渲染。真是一出闹剧！

一切都开始于伦敦的一个私人游泳池。有目击者称看到普罗富莫全身赤裸和当晚舞会上最美的女孩一起游泳。

这个场景，杰克能轻松自如地呈现出来……对游泳池的偏爱是政客的普遍爱好吗？也许这也是一种时尚？在他身边不缺少这样的小插曲，比如温特尔走错了楼层，就会迎面碰上一位穿浴袍的女孩；再比如，一位安全保卫人员推开一扇门之后，马上又关上，并说"对不起，我很抱歉"……

杰克感觉自己在剧本中的角色已经固定了。所有到位的演员好像都在等待他的入场。因此，他让美国驻英国的大使馆帮他搜集一切跟普罗富莫事件有关的资料。

这起事件给他提供了一个相当真实的事例，如果他没有绝对地控制好可恶的胡佛，他的下场也可能就是这样。

杰克很早以前就知道喜欢漂亮的外国女郎的代价是什么了。在二战中，他爱上一位丹麦的女记者英戈·阿瓦德。1936年，希特勒曾说过她是"北方美女的绝佳代表"。这一赞誉就足够人们把她列入不能与之来往的黑名单。虽然他的健康状况不好，但这段艳史也让他不得不在战斗联盟里为自己的声誉澄清。即使后来他加入了太平洋战场。

现在，杰克几乎认识所有涉及普罗富莫丑闻的人，他跟其中的几个……关系还特别亲密。尤其是一个中国女人，她是伦敦政治圈儿最特别的应招女郎之一，一天晚上，他邀请她到华盛顿吃晚饭。

他担心这次鲍比的警惕性不够，他想了好久，如果他的名字出现在某个电话簿上他应该怎么进行反驳……战争已经不再是重建名誉的万灵药了。需要和杰基一起来解决这个问题，而不能让她回避。

于是，他叫她研读美国政府和它的盟友英国政府之间关系的报告，这是一个很好的入门教材。

最开始，当杰克刚当上总统时，麦克米兰尽自己的一切力量来辅佐他，这就激起了白宫里其他人的嫉妒。接下来，就该以其人之道还治其人之身，杰克完全把他抛弃了。

他现在感到有点羞愧，无限期延长了英美共同防御的计划，这一计划应该能帮助他的朋友在民意支持最低的时候提升支持率。

在这份给他提交的报告中，详细叙述了这些困难，还有麦克米兰在这一连串泄密事件中犯的沟通方面的错误。

"请你看看这个，你就知道我到底是什么人了。"他递给杰基这份报告时说。

她皱起眉头，他们结婚十年之后，他还想让她知道他是什么人，这让她很惊讶。

现在，她正在看这个报告。脸上的表情很严肃，让美丽的脸看起来有点滑稽。就像一个女大学生在做着考试前的准备。这是国际关系课程里比较难的一课，她准备投入极大的精力去研究。普罗富莫？她以前听说过这个人吗？对她来说，什么都有可能。

杰克知道光这个报告的形式就够她难受的了。她喜欢漂亮的风格，高贵的表达形式，简洁的句子。手写稿对她就是一个难关。这份报告由他的思维冷静而文笔精练的专家们写成，因此就像用一台计算机写出来的诗歌一样，就像一位警察作家的作品。

这很可笑，他们总是互相推荐阅读作品。

在他们刚刚订婚的时候，他就给她带了些他喜欢的小说来。

他不是想要增加她的文化素养，其实她的文学修养比他还高，也不是为了征求她对他喜欢的东西的意见：他不习惯怀疑自己的判断，也不是很需要和别人分享自己的快乐。只不过，为了让她对他更加了解，而不需要言语的解释。

因为说一些严肃的深刻的话，对他来说越来越难。他越是发表一些精彩的演讲，对听众们循循善诱，就越难以倾诉衷情。这很痛苦。如同一位熟睡的人很难说清楚为什么他会满身是汗地醒来，头脑里都是让人感动的画面。于是，他就以这种方式和她交流，用图书作为媒介。

某些星期天，当他回到他们在格莱若拉的旧房子时，他发现她正陶醉在一本只有她一个人知道的书里。从她身旁经过时，他一下子抢过书去，好像在戏弄她，然后他消失在一间卧室里，捧着这本书贪婪地读上几个小时。这总是他的冒险游戏。一种进入她内心的方式，他从来没有通过性爱做到过。她是如此"与众不同"。她住在另外一个星球上，一个纸张的宇宙里，这样的地方只有做梦的时候才能到达，他就是喜欢她这样。

在那个时候，他甚至对自己说，他爱着他的妻子……虽然这有点荒唐。奇怪的是，他也需要一种"心理生活"，他会沉默，神秘。

无论如何，这也许是他母亲传给他的。虽然他不相信上帝，但是这种信仰的态度保留了下来。就像在一个公园里，整齐洁净的小路和花坛还能让你想到这里曾经是一个古老的城堡，虽然城堡在几个世纪以前就消失了。

上帝给人间带来的光明和黑暗都陪伴着他。阴影都在他的身旁移动。

但是，他同样很讨厌她对于幽灵的热衷！他现在正陷入困境，而她却沉浸在一堆很早以前的落满尘埃的书里。贝尼斯红衣大主教！不，但是真的！难道让她关心一下那些活得尚好、容易发怒、更有用处的出资人不是更好吗？

至少，在普罗富莫丑闻中，她能找到回到现实的理由。

他观察着她翻过去几页，好像她看得津津有味。她是一位认真的学生，为跟她无关的战斗而担忧。一位小说探索家，渴望从中找出男人的世界，一个奇特的着魔者与年老的但魅力犹存的恶棍们自如来往，就像她父亲允许她，但没有允许其他女儿做的事情一样。

以前当他看到她这种状态时，他就很想要她。他回忆起他被她吸引的第一个晚上。当时是在玩一个社会上流行的游戏，他很喜欢这样的问答比赛，因为他确定自己能获胜。

她当时身材很干瘪，头发是很深的棕色，两只眼睛之间的距离很远；她还有一张大嘴，漂亮的脸型，特别是她赢了游戏。

显然，当他想组建新的游戏团队的时候就选择了她。一个想要权力的男人应该知道把优秀的人才都聚集在自己身边。和她在一起，他就战无不胜。他们组成了一个水泥筑成的集体。这不就是一对夫妻吗？于是，他就爱上了她。

他们什么时候第一次上床？他回忆不起来了。这种细节他总是不太在意。除非有什么很特别的事情发生。比如美国参战，或者是敌人来袭。他的爱情生活于是都由各种事件来作为参照系：一架飞机坠落在古巴上空，一次种族主义的犯罪。还有可以参照的是死了一个孩子。

他们的第一个孩子，是一个女儿，叫阿拉贝。对一个天主教徒来说是个奇特的名字：这是1630年英国清教徒乘坐的到美国马萨诸塞海湾来进行殖民统治的船的名字。乔所谓的美国社会享受特权的中上层白人可以与之相比。

婴儿一出生就夭折了。也许是这个名字并没有给她带来好运。他当时正在法国逍遥快活。

不，他再也想不起他第一次和杰基上床的时间了，但是他记得他们在一起玩游戏时赢了，就他们俩。因为通过游戏他明白了她可以做他的妻子。

他们属于同一个阶层，他们连名字也几乎一样。当然，她对所有他操心的事情都漠不关心，有点轻蔑。她把所有当今的事件都提到人类文明的高度，不得不承认，这激起了两个人的大部分兴趣；但至少，她能将他很喜欢的现实社会与历史拉开距离，这也让他很痴迷。他们有着同样的幽默感和同样的傲慢。

她应该清楚他还在自责什么，用这种傲慢无礼的方法抛弃麦克米兰——他欠这个朋友太多了——完全是出于自私，用同样的办法在她最脆弱的时候，他也是这样伤害了她。

这才是最严重的问题。比女孩子们的名单，甚至也比她们各自的身材特点更严重。

她需要做好准备。他们必须就此事讨论一下。如果他陷入泥沼，她应该采取什么态度呢？

但是她突然合上了材料。

"你对这个不感兴趣？"他吃惊地问道。

杰基的黑眼睛闪闪发亮。

"我对你跟谁睡觉不感兴趣。这不是我的问题。如果你想知道，我告诉你我根本不在乎麦克米兰和整个英国，还有多罗茜女士和她那白痴一样的首相，还有他们的国防大臣，还有苏联人雇用的应招女郎。你的所有一切都让我恶心！"

"对，你以为你在白宫的职责就仅限于选择窗帘布吗？"

第二章

Rugissements

咆哮

I

1963年11月21日

沃斯堡，得克萨斯州

23点

她脸色很不好地起身离开座位。她背对着他。

她在壁橱里翻找。就像一只小兔子被狐狸的大叫声吓坏了。

她现在躲到了洞底部。他看到她正在摆弄一件带海蓝色装饰物的玫瑰红西装的袖子。她肯定在思考特别重要的事情，就如同在检查扣子有没有一丁点儿要掉的样子……

她踮起脚尖，去拿和这套衣服相搭配的帽子。

这些像铃鼓一样可笑的帽子，这一顶是专门与玫瑰红色的西装相搭配的！

他看到她头转向镜子，正在自问是不是应该把前面的头发修剪一点，或者把后面的头发剪一点。

"告诉你，我父亲认为你是个便宜货！"他猛地打击她。

"什么？"

"一个便宜货。当然，我在床上没有这样说过。这是一次短期的便宜买卖，和华尔街交易的一样。我父亲肯定你具有入主白宫的素质，是他给了你现在的地位。你不知道吧？你现在是想把我推向断头台吧，就像你的路易十四一样。我没有弄错他的数字吧，第一夫人？"

她头戴着帽子，这一刻她难道不是很美的吗？她静静地摘下帽子，重新梳理了一下头发。就算她的心在狂跳不止，她在慢慢平息心里由于刚才那场狂风暴雨引起的重重担忧。当她确定她能控制自己的情绪了，她缓缓地，小心翼翼地反驳道：

"你父亲？美利坚合众国的总统的妻子居然是他父亲强迫他娶的？他还强加给你什么？政治？不是吗？我搞错了？那对于古巴，对于柏林，他怎么说？美利坚合众国的总统那么喜欢研究诗歌，只有爸爸不愿意。幸好爸爸没有办法强加他的四个愿望……最终，你能自由思考了。"

"我总是很相信那些专家。我有这个国家各个方面的专家：男式西装方面的、古巴方面的、共产主义方面的、中国方面的、核方面的、工会方面的、奶油小点心套餐方面的……工作，婚姻，所有这些都差不多。没有哪位老人比他更懂得女演员，他总是离她们二十米远。通常情况下，他是一位老制作人，不是吗？"

"可惜他没有留在二十米远的地方。"

"你为什么这么说？他的一生还做过其他事情吗？他是一个多产的制作人。整个肯尼迪家族都是他制作的，甚至把家族搬上银幕。达里尔·柴纳克[1]在一旁打趣时说过。是大使来选择所有的计

---

1 达里尔·柴纳克（1902—1979），美国电影实业家。

划，一系列历史事件的主角。他有很多绝妙的主意。但是，有时候，他也会有重大失误。这也正常，因为这是要冒风险的。于是，我，我从来没选过你现在戴着的那个戒指，我总觉得它看起来太'俗气'。"他冷笑着说。

杰基重新点燃一支烟，但有薄荷香的烟味并不能缓和此时的气氛。她看着他踱着步子走进卧室，就像一头野兽受不了兽笼的狭窄。他在一幅油画的面前站住，脸色很难看。他眼前的东西一下子把他唤醒了。他皱起眉头，对画中选择的主题很震惊：一位穿着白色连衣裙，打着太阳伞的妇人在一片麦田里趾高气扬地走着。

通常情况下，在这种宾馆的卧室里都会挂一些例如夕阳从野马群后面落下山去的画……他很好奇，仔细看油画下面的说明牌，然后大叫一声："我的天！"接下来，他凑近另外十多幅艺术精品，好像这里是一个博物馆的展厅，正在展示欧洲十九世纪末二十世纪初的油画。

"我真的很像个傻瓜……"他叫道，"他们可能认为可以用那么粗的线条来欺骗我吧。这些乡巴佬还真天真！好像我会被他们耍的这套把戏所感动！为什么他们没有给我妻子献上红玫瑰让我感动一下……事实上，为什么你明天不能穿黄色的衣服去达拉斯？得克萨斯州的黄玫瑰……这是他们的颜色，对吧？"

完全没有和他商量的必要。她早就准备好了一切，而且她不喜欢黄色。

她唯一思考的问题，就是爱恨之间的距离怎么那么短。

不，玫瑰红的带海蓝色装饰的西服才是她需要的。只不过，要搭配什么样的手套，她还在犹豫。她这时听到他说："到达拉斯要戴长手套！为什么不穿礼服！"

他现在已经给她下命令了——没有多余的话——不能戴防太阳的墨镜。要让她至少可以感觉自己的每一寸肌肤都被遮住了……

保护。他给的，还有别人的。

杰基已经筋疲力尽。在这次透支体能地反驳他之后，她不愿意再思考了。

她听着闹钟一声接一声的嘀嗒声，就像拳击比赛中的铰链敲击铃铛的声音。一位拳击手单膝跪地，正在利用这个倒计时的时间恢复他的体力。

她知道杰克讨厌挂钟的声音。他也把这个声音当成倒计时的声音了。

从外面传来一阵笑声。一个女人的笑声，还伴有很多共鸣声。这是卧室里的协奏曲……在楼下发生什么事了？笑声又开始响起，接着就没了。他们在做爱吗？她想象着那个女孩的吊袜腰带，还有一只手伸向腋窝的感觉。她现在更局促不安了。他们没有谈什么重要的事情，他们不是国家元首夫妻。

"这个值多少钱？你要戴两个小时的玩意儿。"

她愣住了。他还在呢！她知道这个要多少钱吗？谁知道呢？她从来不问价格。美利坚合众国的总统夫人居然像一位小市民一样问价格！这真是一大讽刺。

随着一家喜欢传播小道消息的报纸无端指责她那"怪诞的法国式打扮"，他就对她有了成见。文章说她每年花在定制衣服上的钱就有三十万。这不可能！难道她穿着貂皮的内裤吗？这就是她当时的回应。不可能？无论如何，她确实不知道价格。

再说，这也太不公平了！她知道他对她的花销一点也不在乎。

这不是一个"钱的问题"。他对她的这种态度，让她想起了她公公百万富翁乔·奥金克洛斯，他同样也不会觉得为难，让她觉得她是受他掌控的。

她确实很讨厌政治。她做的所有事情，所有的发票都是为了政治。

杰基喜欢古董、历史、奢侈品和拜访社会精英。她是共和党内的新人。但她属于民主党那一派，这一点无法抹去。在想问题的时候，这并不会困扰她。政治真让人厌烦！而对于个人的穿衣打扮，她不可能和任何人商量。而且，她不会相信她的婆婆穿的是布卢明代尔牌的衣服！每次采购服装，人们都能在巴黎见到她，在纪梵希、夏奈尔，或巴伦西亚加。她回来的时候必定会去一趟罗马，到梵蒂冈朝拜。

波士顿的爱尔兰裔天主教徒大都是民主党人。因为他们的祖先当时为得到一张横渡大西洋去征服美洲大陆的船票付出了太大的代价。多亏他们有了自己的集体组织，他们才继续存活下来，这个组织是由民主党建立的，这是穷人们的党派。

因为忠诚，因为浪漫主义，杰克是民主党人，但他却是富人家的孩子。这一点，他无法掩藏。从他自然流露出的高贵气质就可以立刻知道。但是他从家庭里继承了一个不好的行为，他很吝啬，而且表现得很明显。仿佛节约钱是一个让他变得贫穷的美德！真是荒谬！如果一个人不是属于人民中的一员，他就不能声称代表人民！有什么问题吗？对于这个话题，他从第一次在马萨诸塞州进行竞选活动的时候就说过了，他以后也将一直这样回答。他第一次参观一个矿井的时候才二十九岁。

他询问的那些穿着矿工制服的男人都沉默地观察他，脸上没有表情。当时是1946年。很多年过去了：现在不再是战争时期，资产阶级的儿子和工人的儿子都是兄弟，穿着同样的制服，面对同样的危险。如今，他们已经不是同一个世界的人了。

杰克走上前去想跟他们握手。他先把手掌递给最年长的矿工，这个矿工握住他的手不放，好像在确定他的手掌的握力以及手部皮肤的柔软。

杰克感觉到矿工的手很粗糙。这些老茧在讲述着他劳动的一生，充满艰辛的一生。这就是他们俩之间的差别。

"你的父亲真的是这个国家的首富之一吗？"矿工最后问道。

"对。"杰克直视着他的眼睛回答道。

"你真的能不工作就得到你想要的一切？"

"是真的。"

他应付自如，站在矿工的面前，没有逃避。

矿工好像还在打量他。然后，他没有给他微笑，放下他的手："真的……你什么都不缺。"

所有人都大笑起来：杰克此行已经取得成功。他从来不会忘记。

"我在美国工人面前从来不感到羞愧，"他又一次重复，"我已经消除了对纺织工会的担忧，他们是我们最主要的支持者。他们不明白为什么你的衣橱里法国产的衣服占据着主要位置。"

她知道他又开始老调重弹。她等着接下来他要说的话：

"我不想和一个代表时髦的圣像走在一起，她身上的一件西装就是他们好几个月的收入。我已经给你说过一百遍了。为什么你还要穿巴黎的衣服？"

这个问题需要确切的答案，也许还要加上技术上的论据。

她只是睁大了眼睛：

"你想让我穿哪里的衣服，杰克？"

他看着她的眼神好像要把她吞下去了。她的眼睛一眨不眨。他仿佛对着一面墙。她不会为他的反复无常，他想在政治生涯上走向完美的梦想而做出牺牲。或者为他的谎言做出让步。接着，他踢了一脚扶手椅。她皱起了眉毛。他应该把自己弄痛了……

杰基是对的。总统有太多的钱去让她随心所欲置办衣服。他不用为此取出工资来。他把工资都攒起来派其他好用场。

在他二十五岁的时候，他父亲就送给他几百万美元。他说，当时他父亲给每个儿子都这么多钱，然后望着他们的眼睛说滚出去吧。他父亲开了个玩笑，很好地唤起了他们对自由的想法，他们最终都选择了在他身边跟随他。

杰克没有去操心怎么让他的财富不断增值。乔已经替他打理了。他对钱的事情从来都不了解。他满不在乎，所以什么都不知道。乔总是在替他管理财产。他父亲甚至还背着他，给大部分被他拒绝加薪的员工发放奖金。

乔还保留着大封建领主的习惯，要得到手下衷心效力的办法就是对他表现得慷慨大方。他同样知道怎么安慰他的儿媳，当她发现杰克的不忠之后，用钱来收买她。

杰克相信与他合作的理想或者说是乐趣足够让大家跟随他左右……物质方面的局限困扰着他，就像政治困扰着女人一样。他不想在这上面浪费时间，他甚至都不想知道，哪怕是一点儿也不想。

如果真的有急需，他们就会直接去保险柜里取钱，但是背着他。

人们在出于热爱或者软弱时都会表现出极大的宽容，在原则问题上，尤其是涉及到钱的问题上是不会让步的。他招徕到那么多同盟者，并且争得了权力，这些都不能用他的钱来衡量。

他并不轻松。他处在一条金钱汇成的宽广而闪亮的大河里，这条河如此美丽，吸引了所有人的目光，引来报纸的关注，批评这样大流量的金钱是过度浪费。金钱的河流淹没了杰基的衣着。

相反，地下的暗流，没有人敢去探底。人们会迷失在这个深渊里，他们都很害怕。谁知道这些浑水有没有包含腐败物，比如尸体呢？但是，没有这些，他就不可能赢得一次选举。

美国南部的各个州尤其需要这样的灌溉。并不是只浇灌那些关键性的人物，那些拥有选民支持的人，那些握有重权的州长，那些企业老板，他手下的员工都跟着他的喜好来投票。大家都知道，大家也都这么干，不管是共和党，还是民主党。没有一个政客不知道怎么用"得克萨斯的方式"取得一场竞选的胜利。

杰克也许比他自己认为的更要像天主教徒，他以这种方式在金钱面前很虚伪地捏紧鼻子，不屑一顾。

为了找到秘密基金，他可以不择手段，不遵守任何道德规范。于是，他刚利用了一位可怜的家伙，这个人疯狂地赌博，输得倾家荡产，想从习惯的渠道那里得到意外的帮助。这个人既灵活又有些令人厌烦，因为他知道他的名声和他的需要可能会被怀疑，别人会怀疑他立刻就把钱直接装进自己的口袋里，他甚至还有一些可耻的动机。但是，杰克不管这些。而且，他还很有兴趣知道别人在经过这个人的时候，会不会把他的东西中的一部分占为己有。

这个人大汗淋漓地给他提来满满一箱钞票,他把钞票都放到衣柜里,也没有打开来数数,甚至否认他的存在。

对他来说,这样一个小人物用他仅剩的名誉去帮他买炸药有什么要紧的呢?他甚至想都没有想。战争就是战争。

只不过,当他把杰基的账单和资料中美国人的平均工资进行对比时,他快要疯了,当然他的工资和美国人的平均工资相差甚远,他的衣袋里从来没有放过一块钱。

杰克的道德标准只停留在表面。它们就像福音书里的石棺,基督写道,外面是白色而光滑的,里面却装满腐败物质。

"政治,好像销售广告,"他说,"真相是什么不重要,最重要的是能卖出去。"

金钱有一种气味,陈列着的奢侈品散发出卑鄙和妥协。这种味道浸润着他父亲的五亿美元。他给了杰基购买名牌服饰。

很显然,如果不是发票寄到总统那里去了,他永远都不会过问他妻子的裙子价格是多少。但现在,有记者已经为他做了计算,他不能置若罔闻。

"您在那帮粗人那里受了骗,白费了钱!"他大吼起来,"您怎么管钱的?您并不是出身贫苦!您怎么会喜欢这些不值钱的玩意儿?对一个聪明又有教养的女孩来说,应该做点有意思的事!"

他不想说服她。他只是自言自语,就像他在考虑越南或古巴的问题一样。

"国际社会并不仅限于夏奈尔和圣罗兰的竞争,老天啊!为什么要让钱都浪费掉了?钱就像废纸一样被花出去。"

她没有告诉他,他刚以粗鲁的手段赢得了一场战争。

她在达拉斯将不戴长筒手套。

然而，她清楚地记得她的老朋友阿德莱·斯蒂文森的悲惨遭遇，他是美国驻联合国的代表。一个月以前，他给她讲了他在达拉斯的经历：

　　"欢迎仪式非常热情，甚至可以说是热烈，直到我发现自己陷入了一个真正的圈套中。三十多个狂热的人把我引进陷阱里。他们开始向我扔西红柿，后来又扔他们的标语牌。气氛极其紧张，我的安全人员害怕会出现暴动，于是叫来了支援的人。我们的撤退一点儿也不成功！我们一个接一个的，不知道还有没有人落在后面，幸运地只付出了自己清洗衣服的代价！"

　　在美国南部，要想获得平等的公民权利是很难的。

　　斯蒂文森没有用其他的方式来解释这次袭击事件。这不是他对于世界和平的演讲会激起那么多的怨恨和暴力，只不过其中涉及到了巨大的利益。

　　人们完全不能想象军事工业会使用相同的观点！

　　斯蒂文森几次劝杰克不要去得克萨斯，而且特别建议他不要带杰基去。

　　只是，当达拉斯的市长科纳利一听到这个消息，他立刻就编派出了一大堆话。他以他孩子们的名义起誓总统夫妇将不会遇到任何危险。如果他们不一起前去，会伤害整个得克萨斯州的人的自尊心。不能再让得克萨斯州往右派倾斜了，自从约翰逊从华盛顿出发，尤其是自从一个名叫乔治·布什的共和党的年轻候选人建议分裂，这可能会破坏他所有在下一次竞选中的关系网。

　　于是，杰克让步了。

　　很显然，到现在为止，一切还算正常。只是他们俩对这里还存有偏见，还会发生什么事呢？

他们很荒谬，仅此而已。

荒谬。

因此，他们的旅行可能到达拉斯就结束了。他们将成为全国的笑柄。

至少，长筒手套能保护她的腕关节……

总是有很多人围到她身边来，好像她是圣母玛利亚！不应该这样想，因为她在努力不这么想。

＊＊＊

今天晚上太热了。暴风雨快来吧！杰克出生在大西洋边，却从来没有坐过乘风破浪的帆船。沉闷的空气使他的心情和神态都显得压抑。于是，他开始想怪罪别人。天气预报没有预报暴风雨的时间，他妻子什么都不懂，他父亲又操纵着一切。

可怜的老父亲，现在他不应该被指责什么。

老乔的钱还留着爱尔兰团伙的气味，这个富翁能综合分析所有材料，对生命怀有希望，被一次脑病弄成了哑巴。或者几乎哑了，他只会说一个词："不。"

这个"不"字含含糊糊地说出来，是他的权威的最后代表。

乔坐在轮椅里头发是白色的，眼睛是蓝色的，很漂亮，更加随和，也行动更方便。比如，人们把他推到一个角落里放着，他也不会再移动了。小孩子们在他面前玩，虽然他的眼神像鹰一样看着他们，有时会让他们害怕。老乔再也不抱怨人们不准他进入白宫，他要是去白宫可能就会影响他制造出来的年轻总统。

有时候，总统还会去征求他的意见，给他讲一些秘密，但他都不置可否。老父亲看着儿子就像野兽看着自己的幼子。他喉咙里会发出咕噜咕噜的声音，杰克朝他微笑。跟他告辞的时候，杰克吻一下父亲的额头，就好像他是父亲，而乔是孩子。这种辈分的颠倒难道不是事情发展的必然吗？

老乔不能抵抗杰基的吸引，她的高贵气质，她的巧妙回答，她的见多识广。他曾经扬言能看透所有女孩的想法，却从来不明白她不是属于她们那个世界的，他后来还指责他的儿子。她从来不会被指责……他很喜欢问她一个问题，如今一个女人有个性和独立有什么用？应该把这样的女人放到哪个章节去：是"睡觉"，还是"家庭"？

他厌恶地看着这个在他面前的椅子上吸着薄荷烟的女人。

真的，一个长相出众而保守的女人到底有什么用，她能举出美国民主党之父，沉醉于历史上的伟大人物，就像别人在好莱坞明星的面前一样，但她拒绝在鸡尾酒会时发表演讲，也拒绝亲吻紫色头发的外婆。这个女人对所有事情的想法都很奇特，从化纤地毯的颜色到树篱笆的高度。

她究竟把自己当成谁了？她们比市井女孩多了什么吗？什么也没有。她们和别人一样都被当成是生孩子的大肚婆。为家族传宗接代。她们成了男人们喂养的家禽，在吵吵嚷嚷中消遣，当他们需要繁衍后代时，或者当男人们要考虑更严肃的事情，让她们去照顾那群叽叽喳喳的孩子。

鲍比的妻子埃塞尔就是一个好女孩！她的健康记录本替代了文凭，她生了九个孩子之后，她就可以独一无二地组织足球比赛，森林里的跑步比赛，自行车比赛。埃塞尔喜欢她的姐妹，杰基叫她们"扑通姐妹"，绰号来源于她们都很热衷于集团游戏，她们常常会相互把对方打倒在地，弄得大家浑身青紫。

肯尼迪姐妹相互之间以公园大道上的虚荣赶时髦的女人的想法来取乐。

杰克应该听他的姐妹的话更多过他父亲的话。如果基克还活着就好了……

他一想到最喜欢的妹妹在1948年死于飞机失事，他的喉咙就一阵发紧。他周围已经有很多人去世了。为了保持住向前进的欲望，他就不能老盯着脚下的深渊，需要忘记。

他要变得绝望很容易。他，即使失去一切，也会继续战斗。

他上一次去拜访英国首相时，他借此机会去为基克扫墓。基克是个宽容豁达而精力充沛的美国女孩，她吸引了好多纯粹的贵族围绕在她身边，1944年她丈夫先离她而去之后，她就给她原来的公公当起了养女。在她的墓前，他刻上了："她给人欢乐，也获得欢乐。"

肯尼迪家族没有给她任何一句话。

基克的婆婆拒绝承认她去世的消息：她以前嫁给一个英国清教徒，后来成了寡妇，她在请求免除了她的封号和封地之后，准备改嫁给一个离婚的男人，这个男人很有钱，但是住在爱尔兰，也就是他们家要离开雅尼斯港。

"你永远地背离了圣事。"这是女孩的妈妈给他说的最后一句话。

他们之间有一些误会所以在相互谴责。

他有些气馁了，低声抱怨着。

"去达拉斯不是参加英国女王的加冕仪式！在得克萨斯穿一套

夏奈尔的西装？”

为什么要坚持？从他们刚结婚的时候起，就是这样了。他们认为把她抛到一边，她自己就会慢慢适应。否则，就是他们要去适应她了。

他白费那么多力气去消除这个波士顿女孩的做派，这种做派让半个美国的人作呕，她将继续在各种杂志里宣扬她的“风格”，这一点是她性格里无法改变的。

他用双手推动着整个国家，为了让它在二十世纪实现一个飞跃，越过爱尔兰的围墙，她轻蔑地看着他忙忙碌碌，一心都扑在工作上，最主要的就是重新掌控美国。

而且，和他相同，美国也在低声嘟囔，却也在任其发展。

杰基在垃圾袋里塞满了她突然觉得过时的衣物，就像一阵冰雹把一道玫瑰花编织成的篱笆砸得粉碎。人们都跟随第一夫人不再喜欢小花图案，小蝴蝶结，粉色系列和带荷叶边的衣裙。第一夫人和她的朋友——西班牙战争和德国战争中的英雄——作家马尔罗一样，开始装饰风景，重新清扫建筑物的表面！未来也许就是这样？永远都做些微不足道的小事……

他们的所有行为都是为了让别人赏心悦目！

这些花费占据了他们大部分的谈话内容，成为了唯一的兴趣。但这很适合他。在决定性的时刻，他们给杰克·肯尼迪施加一定的压力使他不得不允许他的妻子参加他的竞选拉票活动，一个很好的理由就是要他“收回投资”。她怎么能拒绝他的帮助呢？

只是，在男人之间，这很简单。他们说话算话，忠诚而负责。而涉及到女人，事情就变得复杂了。她们把一切都混为一谈。人们给她们提出一个问题，她们会避而不谈，而用别的答案来回答。仿佛她们从来不负责任……所有的讨论都成了棘手的难题：飞快地把对方的论点挡回去。于是，在她们的头顶上形成了一个布着大网的天空：怨恨的乌云将气氛压得喘不过气来。但他们不会去清偿他们的失败。

他有一件事要她办，就像所有跟政治内幕有关的工作一样令她厌烦。他知道利用她的购物癖好，来让她不得不把手伸到油污中去。

不可能做出最佳的决定，不可能拯救世界和平，不可能赢得冷战……但是可以给美国人带来他们希望看的电影，并且帮助他恢复名誉。就像原来的日本人为恢复名誉所做的一样。

哦，对了，他突然想起一个玩笑，就像是一个童年时玩的游戏一样。杰基登上了一艘船，船在水上沉没了。把杰基的衣服和帽子都卷走了……还会剩下什么？

这个谜语把他逗乐了。

杰基在太平洋里，没有任何东西，只有一枚可可豆的核用来装求救的信。如果1943年，她在身后拖着一位受伤的水手游了六公里，最后在一个没有饮用水的荒岛上找到奄奄一息的其他船员，她会在求救信里写些什么呢？

"能不能请您向海军司令报告，我们的救生衣的左肩坏了？"

他很想笑，拿出了一支雪茄。

2

　　她好像一直凝视着烟灰缸。实际上，在水晶烟灰缸和她的目光之间，还有她的手指，她的手指把手绢放在嘴边，仿佛在咬着手绢不让自己叫出来，手指上戴着一枚硕大的戒指挡住了手指。她想象着乔·肯尼迪推开凡克莱夫和阿佩尔的大门，为了挑选一枚镶嵌着祖母绿宝石和钻石的戒指，价格标签上也有足够多的位数。这个时候，他的儿子还在为订婚的事情犹豫不决，而他已经迫不及待地要她加入他们的家族。

　　他决定了让杰克成为美利坚合众国的总统，他需要杰基在他儿子的身边。那么，这样做有什么好处？

　　也许，无论如何，杰克并不是那么有远见……也许，他不过就是个演员，人们给他写台词，指导他怎么上台表演……该死的演员，他父亲应该会这样说，而且他对那些演员都很蔑视。

　　当然，如果十年前，她知道杰克连挑选证明自己爱情的结婚戒指都没有时间，而且他也没有为戒指付钱……她应该会痛哭流涕，就像别的陷入爱情中的小姑娘一样。

　　如同无数次电影里的剧情一样，她当时应该把脸埋在枕头底下，脚在柔软的鸭绒压脚被上踢着，为她所遭受的不公平的命运而嚎啕大哭，害怕会失去一直以为有的宠爱而崩溃了……

她才没有那么脆弱，那么无知！杰基受了很多苦。痛苦的经历逼着她成熟起来。苦难是一堆柴火将儿时的幻想燃烧殆尽。

从今以后，所有暗示她婚姻不幸的坏人都将遭到白眼和排斥，她对此最多就皱皱眉毛。人们观察她的裙子，西服套装，小帽子，他们看不到她用来保护自己的感情的盔甲，盔甲上并没有标上奥列格·卡西尼、夏奈尔或夏帕瑞丽，却比任何一双白手套都更能让人感觉到她出身名门的高贵气质，同时她正在失去整个欧洲的宽容，因为她对自己的看法只取决于这些坏人，她向那些人要求保护一个人：她的丈夫。

老外交官[1]总是在处理杰克的生活事务，杰克从来不抱怨什么，杰基也是，但到今天为止。老乔关心她的结婚戒指，如同他关心她的裙子，她的家，以及所有其他的东西，这对她意味着什么呢？杰基爱戴乔，就像她爱自己的父亲一样。这两位父亲都很理解她，都以她为荣，都从来不会背叛她，他们喜欢她的梦想。

她又一次打开一封信，是很早以前乔写给她的，她当时想要买一匹马。在犹豫了很多次之后，她终于看中了一匹理想的良驹，但却很贵。

"坦白地说，我不赞成为了节约几千美元而放弃最好的马。你知道的，肯尼迪家族从来不会买第二位的东西。那么你只管买你想要的那匹马，把发票寄给我就行了。"

实际上，老外交官非常了解他的儿子，他最讨厌的事情就是她

---

1 指乔。

管他要钱。乔并不反感别人喜欢最好的东西。相反，如果有人流露出他是这一家人的主宰，给大家带来恩惠，他就更不会介意了。

在肯尼迪家，老外交官当然是她最喜欢的人了。

对，杰基对杰克来说是一笔好买卖。是他父亲经手的好买卖之一。

然而，老外交官从现在起不能再为他们做事了。他们要学会在没有乔的情况下怎么做事。

抽完这支烟以后，她就决定了。

所有一切都是真的。实际上，她一直都知道这些，但她还是想蒙住自己的脸不让自己看到。

在他们相互认识时，杰克经常来往的女孩里，她既不是最漂亮的，也不是最风趣的。她很久以来认为她是这些女孩中间最聪明的一个，但是，今天她发现这个优点更大程度上是阻碍了她。她母亲是对的。

她母亲常常给她说，为什么他会选择她？

在最初的独守空房的日子里，这个问题让她坐立不安。是因为他无法深入地爱一个人，还是因为他的感情只限定在一张附属名单上，这张名单就像一个不能承认的秘密一样在他签订了结婚协议之后迅速出现，带给他惊喜。这比生病了还难受。难道他从来就没有同情心吗？他除了来去匆匆的迷恋就不会别的了吗？怎么解释他直到三十三岁才结婚？在这个年纪，他的好多朋友已经成了家庭的顶梁柱。

他父亲，当然是因为他。

他父亲认为是时候应该结束他的这种放荡生活，然后就挑选了她，她，而不是别人。他送给她所有的衣服，就像是离开的时候为了安慰她的情绪从衣袋里掏出来一只长毛绒狗熊。因为老人了解他的儿子，比其他人都要了解。

杰克对女孩都不会真正上心。或者他太喜欢她们了，以至于不会对她们投入多大的兴趣。很奇怪，他只会被男人吸引。

如果杰克一直单身，他可能会和任何一个有趣的女孩结婚，或者和一位电话号码在所有华盛顿人的电话本上都有的应招女郎结婚……有人看到他在拉斯维加斯游玩，在一次纵酒作乐的聚会以后，和一位笑容憨厚的金发美女在一起。这就是以后会发生的事情。

有人肯定说第一次就是这样发生的。他会在这疯狂一夜之后结婚……当人们向他们要证明，他们告诉老外交官已经让他扯掉了通讯录上的名单，他已经与其他女人断绝了来往。人们永远都不了解真实情况。对，所有一切都是想象中的，最令她不可忍受的是他决定让她受那么多罪。

他怎么会突然冒那么大的火，就像一个小男孩没有得到他垂涎已久的玩具一样在失望地发脾气？

这太不公平了。

他现在吹起了口哨，接着唱起歌来。

"如果我喜欢郊外/如果我不喜欢去郊外/这就是我，杰基/如果我想开一场舞会/只不过为了我和元帅/我没做错什么/这样做/如果我宽容/穿着貂皮做的内衣/这就是我，杰基/难道我把白宫称为'杰基家'有错吗？"

她厌恶地睁大眼睛，当他举起他的酒杯向她示意干杯，然后一饮而尽，并用莫里斯骑士那种带口音的法语说道：

"这就是生活……"

"从前，曾经有个朝代的男人从来不允许情人取笑他的正室妻子。"

他听到这话很惊讶，皱了皱眉，不知所措。

"我还能想得起教我唱这首歌的女孩。她在总统新闻处工作，你知道的，这是你讨厌的职业。你以为我和她睡觉了？真的吗？我回忆不起来了。于是，你一直坚持要我和你一样欣赏十八世纪的爱好……你应该满足了。我是个好学生。十八世纪的巴黎不止是庞巴杜、百科全书派、开明贵族，还有品红色的金线拉着的帷幔，光装饰白宫的红色客厅的这么一个仿制品就花费了十七万美元！这也是法国摄政王时期的风格，深受凡尔赛太阳王的宫殿的影响……"

他对帷幔的造型并不讨厌。

然而，对于夫妻间的困难，苯丙胺不是最好的解药。

"我想你不久以后就会穿成普鲁士的风格。"他又对她说，直视着她的眼睛。

她对普鲁士风格也很了解吗？他微笑了。因为他正在玩火自焚。再没有什么能让他更加兴奋。不管怎么样，他都想要兴奋。静静的，他有的是时间。杰基被他算计了。她现在无法像习惯的那样表达自己的愤怒，拒绝陪他参加官方活动。

她从扶手椅里坐直了身子，微微前倾，就像骑在马鞍上指挥着马跨越障碍。接着，她又松开手指好像放开了缰绳，她咬紧的嘴唇又松弛下来。

她说话的声音都不像自己的了。不是因为她那小女孩般的声音让她觉得自己很像个傻瓜，这个声音很苍白、刺耳，就像一个被逼到墙角的女人发出的声音，她决定不再自欺欺人，不再逃避开溜。

"你不仅是见了两条大腿就像公猪般发情，而且你还想要我保护你，让我为你的良好品德作证，不是这样吗？那你作为交换给我什么呢？"

她说话的时候没有看他。她的手肘撑在扶手椅的扶手上，指甲在牙齿上急促地晃过，好像她在想办法塞住嘴巴。

"你这样说就错了。我已经提前付过钱了。"

"你做了什么？"

"付钱。你的工资是白宫最高的。所以应该时不时地确保做好自己的工作。"

"这就是你想出来的把我们的谈话引向歧途的办法吧？"

"我根本就不想岔开我们的谈话。相反，我们现在正在就这件事进行讨论。如果你还想继续花那么多钱，你就应该帮助我赢得连任。这才是婚姻，亲爱的，婚姻就是一种安排。我想对你来说，婚姻永远不只是你个人的事情。还应该有些其他的内容。我们俩组成了一个团队。仅此而已。"

"因为除了权力和性，你的生活中就再也没有剩下什么了？这就是你正在向我解释的事情？"

"除了窗帘和成百上千双鞋子以外，你还知道什么？"

他想让她怨恨他，他没有别的意图。杰基没有意识到这一点，但是当她听到自己做出以下回答的时候还是没有意识到：

"你父亲没有搞错，他把你当做吝啬鬼。一个真正的爱尔兰的吝啬鬼。你，你本来想选一枚很普通的戒指给我，最最普通的那种。"

"我，我才不选戒指呢。高贵的女人总让我厌烦。"

终于，他说了一次真话。

她紧张地掐掉了第二支香烟，她突然发觉自己很激动。她以前从来没有这样过，就像诺曼底的暴风雨来临时的天空。遥远的海底涌起波浪，振聋发聩，使她的脸都歪了，脸色也变了，呼吸也加快了。

她飞快地说出一串话来，从她嘴里说出来就很失礼，就像在蒙娜丽莎永恒的微笑的嘴唇里吹出一个泡泡糖的泡来。

"杰克·肯尼迪，你这个婊子养的。"

她对他说出这句话以后，嘴大张着，呼吸短促。

他不再微笑，而是哈哈大笑起来。

"肯尼迪夫人，您正在成为一位真正的爱尔兰女人。"

"我还不如去死。"

这次她站起来，走到窗户旁，往窗外望去。杰基看不到空旷的人行道，更感觉不到酒店的楼下是否停了很多轿车。她在看她的愤怒，从她的生活中渗透出来的愤怒。

他为什么总是让她的努力化为乌有？为什么老是在她未完工的画作上吐口水，她一直想让自己的画更加贴近他的梦想？为什么她身上总是会沾上泥？

这一切都开始于她的婚礼的那一天，就像一个不好的预兆。当她穿着那条洁白的婚纱长裙，上身是束身的样式，有着传统的褶皱花纹，一条简单的带蕾丝花边的面纱挂在她公主的发型上。

成百上千个人聚集在纽波特的圣-玛丽教堂前，在这里波士顿的大主教麦格·库欣将主持结婚庆典。婚礼的宴会邀请了一千两百名来宾，在哈默史密斯农场一望无际的草坪上举行，这个地方是她丈夫的妈妈那边的财产。

所有的报纸都把参议员肯尼迪的婚礼当成1953年初上流社会的一件大事加以报道。这也是老外交官策划的一次宣传活动。这次婚礼组织的一次招待宴会就能让美国人民忘记美国没有皇室家族的遗憾。

他们很年轻，很漂亮，很有钱。一切都那么完美。冰冻的香槟酒、够年头的波尔多红酒、白得无可挑剔的奶油蛋糕，连花束都是纽波特最好的花店提供的。

只有亲密的人才知道一个细节出了问题。

哦，只是件小事，在这个离婚王国里基本算不上什么让人惊讶的事情：新娘没有挽着父亲的手走进教堂。替代杰克·布维耶的是"休吉叔叔"，珍妮特的女儿们都这样叫他。

因为杰克·布维耶完全失踪了。当然也没有人在接下来的欢迎宴会上见到他。

但是，杰基已经给他买了一套合身的男式礼服，甚至还为衣服的扣眼锁上了白色的边……只不过，有人做了安排，让他不能进入教堂。因为当钟声敲响的时候，他已经无法走直线了。他连话都说不清楚了。

杰克·布维耶不得不在酒吧的吧台前度过了女儿结婚庆典前的那段时间。他最喜欢的女儿的婚礼，还有女儿给他的衣兜里塞进的几张钞票，让他能有机会请那些对他特别友好的陌生人喝酒。

在新英格兰酒吧里遇到一些友善的人真是很妙的事情。

当人们把面纱挂到杰基的头发上时，珍妮特进来了，快要歇斯底里了。

"你的父亲完全喝醉了。他在走向祭坛的途中就会跌倒。他只知道给我们丢人！他这是故意的！故意的！老是这样。不过，亲爱的，你不要担心，我已经安排好了。把休吉叫来了，他同意顶替你父亲的位置。"

此时，杰基的眼泪涌了出来，这是她生命中最美好的时光。

"抬头望望天空，小姐，歪歪脑袋。不要擦眼泪，不要擦！"

发型师和化妆师马上行动起来。对，她很有运气，对，她嫁给了华盛顿最帅的参议员。杰克风流倜傥，皮肤黝黑，神采奕奕。他刚从地中海蓝色海岸度假归来，在那里他可以逃避这场盛大婚礼给他带来的紧张和压力。

这次旅行也让他彻底告别了他的单身生活和所有的信仰，两个星期的假日，他和各种各样的女人在一起度过，让她们说话都带着哭腔。他做了他生命中的蠢事，他还不如把自己的腿摔断了好……

还好，他及时出现在了大家面前。婚礼前一天，他甚至还和他弟弟一起踢足球……当他头朝下栽倒在玫瑰花丛中时，整个球队都大笑起来。他的半边脸都被擦伤了。

种种迹象都表明了他的漫不经心，这只是冰山的一角，她几个月，几年之后才能探测到他的深度。

"我给你说过多少次我讨厌政治。"她说话就像机关枪一样。

"你讨厌政治？这个玩笑太好笑了。你确实很有幽默感，但你却在我面前掩藏了那么久。肯尼迪家的女人会讨厌政治……太荒唐了，不是吗？肯尼迪家族的所有人都在为我的连任而奔走。他们从生下来就开始为这件事忙活。"

"我不是肯尼迪家的女人，我与这个腐化堕落的臭名昭著的团伙没有任何瓜葛。诈骗团伙，盗窃团伙！爸爸说得对，他说肯尼迪家族的财富是建立在毁灭诚实人的基础上的。你们把我们毁了！真的很有清除黑社会的必要，你们所有人都该待在监狱的铁栅栏里。"

他们之间通常保持的距离现在突然缩短了。他们俩之间只隔了几厘米，压低声音在揭露着这个家庭的秘密。他们可以什么都说，但声音不能高过一个适当的分贝。他们受过的良好教育，让他们想起来在大门外面还有两个人，而且，约翰逊就在隔壁的房间。

如果他们有武器，那就是当他们打破沉默的时候。至少，如果她有拳头……她也许会像一个男人那样以一记右钩拳把他打翻，她想掏他的心窝来报复他对她的污辱！难道他就从来没有想过也同样地这么报复她吗？讨回公道？太不可能。

他用一只手指指着她。他的食指根部，和着肩膀颤抖起来。

"如果杰克·布维耶不喜欢没完没了地去光顾他那证券经纪人办公室旁边的酒吧去调戏妓女，他就不会再生出你们这些人来。"

立刻，她做了一个她从来都不相信她会做的动作。她举起手来想扇他一耳光，因为他诽谤了她的父亲。

她的一生都在保护她的父亲。从她记事时起，她就在保护黑杰克，反抗她的母亲。这是出于本能。

但是他抓住她的手腕。于是，她就朝他的脸上吐了一口唾沫。

"刚才是一个'投机分子'的混账儿子在跟我说话。"

***

"投机分子"！他从三十年代之后就没有再听到这个词了。他在擦脸上的唾沫时还没有想到这一点。接着，他往后退了一步。

杰基站了起来。

投机分子……这个词是用来描述那些在1929年轻松地踩在别人的尸体上，靠别人的破产和毁灭来赢得财富的巧取豪夺之徒的。

据说乔·肯尼迪在十月的那个黑色星期一赚了一千五百万美元，当时其他的投资者不知道怎么偿还购买股票而欠下的银行债务，只能从楼上的窗户里跳下去。

实际上，从二十年代初开始，乔的身边就聚集了一批狼狈为奸的强盗，他自任首领。他的战略很简单：他们先人为地拉高股价，直到让中小股民都几近疯狂，然后他们在最高点抛售股票，接着股市就会崩盘。

在他的所有生意里，拍电影、买电影院、贩酒，这个无疑是利润最大的。在1930年，股市狂泻了一半的时候，乔·肯尼迪赚取了他的第一个一亿美元，他很早就死了父亲，遗产还不到十便士。

他真是个强盗，为了洗钱而去资助罗斯福。这样做错了。如果从1933年起他就为争取成为民主党的总统候选人而"铺平道路"，那么他认为自己就是能把资本主义的美国从解放世界的社会主义大潮里拯救出来的不二人选。

然而，他需要掩盖他的发迹史，这对于新政来说是个污点，他被禁止担任美国联邦储备委员会的主席，这个位子他觊觎已久，如果可以做这个团体的头儿他就可以创造奇迹了。但这个位子不属于他！他们把他当成什么人了？

人生的一切都是有代价的。直到他的第几代子孙？

当杰克第一次听到别人辱骂他时，他都不知道那是什么意思。当时是在小学的校园里，他才十二岁。他还是和他们打了一架，他不是那种会轻易认输的人。他在赫鲁晓夫面前也不曾退让，更不会在自己妻子面前弯腰了。

他咬紧牙关，就像一个冲出壕沟的战士。

"你不用向我证明你有多敏感，亲爱的。你需要富有的男人，特别富有的。当我们需要他们的时候，最好不要嗅觉太灵敏。你知道，那些年轻的穷光蛋们靠着他们的良好品德取得了成功，但他们都感觉到艰难：需要付出很多。"

"这也总比走私酒类和在人行道上砍死人要好。"

"你跟谁是一派的？"

他用挑衅的眼神看了她一眼，紧紧地捏住她的手腕，好像要把她的手腕捏碎。

"你选择谁，嗯？要打仗的时候，都会结成同盟：詹卡纳和他的小打手们？军火商、古巴人、美国中情局？嗯？你想和我的哪个敌人勾结？胡佛？约翰逊？如果你允许的话，我想建议你不如和得克萨斯人结盟，这正好，不是吗？我们现在就在这儿。哦，我了解你，你装腔作势也装不了多久，出身于大富人家没有什么了不起。关键是人要可靠。你母亲不是常常这样给你说吗？肯尼迪家族没有那么严肃。政治也是一种乐趣，当然，今天它也没有给我们带来欢乐。我们对它太在意了。不，你不是，我看你更喜欢和一口石油矿井待在一起。没有什么玩意比能源更能散发铜臭味了。有了油井，你就可以稳稳当当地挣到一笔小钱。因为我不希望你去做军火买卖。好吧，我给你透露一个情报。我们之间的'越南战争'从来不可能发生。争夺决定权的小冲突即使发生了，我们最终也要乖乖地回家。这对我的事业，和平和裁军都没有益处。让小瓶苏打啤酒的买卖继续在自动售货机里进行……这样他们就满足了吗？我深表怀疑。正相反，他们要的是黑金……这一点，没有问题。这是几个世纪流传下来的盈利保证。你想想吧，全世界各个大陆的各个村庄里还有那么多没有小汽车的家庭……他们都将有自己的车子，那么油价就绝不会跌！根本不可能等着油价下跌再去做投机生意。只要借点儿钱或者节约开支就可以增加你定制高级女装的预算。这样你肯定会满心欢喜。只不过，有个小问题。你知道驾驭野马的竞技表演的规则吗？因为这是星期天的节目。必须参加的。哦，很简单，你不要厌烦。只要找到最不驯服的马，然后骑上它。你会喜欢这个节目的，我相信。一个像你这样的驯马师不可多得！就像要找一瓶发酵了的啤酒不容易。至于气味，当然不是那么好闻，但我们会习惯的。"

"那你呢，你需要什么来充实你的夜生活？一个酒吧里的歌手，还是酒店里的舞女？你想要什么？一个穿着得体的女孩，金发，戴着假睫毛？"

"我更喜欢胸大的。"

"混蛋！"

"自命不凡的女人！"

在两个游戏玩家的最后交手中，他们都没有要和解的意思。

他们越离越远。

杰克为了尽最大的努力忘记她曾想打他耳光，他走到一边去又倒了一杯酒。

考虑再三之后，他走近了吧台。他已经倒上了满满的第二杯。然后，他朝杰基走去，把酒杯递给她。

她看都没有看他一眼就接过酒杯。

"干杯。"他对她说。

* * *

他可以做任何事，说任何话：她从来不会和他离婚。她从第一天就知道了，从第一天晚上等他就知道了。她从自己对他说"我愿意"的那时起就知道了。

她在寻找一个聪明而成功的理想男人之前就已经深思熟虑。她愿意他的耳朵长得像花椰菜，鼻子扁扁的，不管他长什么样子，但是他要让她充满生机，他要给她带来所有的情感，喜怒哀乐，包括悲伤。不，她不想让婚姻成为她生活的终结。除此以外的其他事情，她都不在乎。

她没有失望过……

除了她自己还有谁能体会个中滋味？她妈妈提醒过她不下一百次了！

在她母亲的逻辑里，随着年龄的增长，遇到合适的丈夫的机会就会慢慢减少，也就是男人中的佼佼者。杰基用了二十四年才下定决心嫁人！真是疯狂！比她小五岁的妹妹李在比她年轻的时候就已经离婚，后来又再婚！

但是，杰基不后悔。她和其他人一样没有想那么多！她中了大奖。她嫁给一个特别的人，聪明又能干，幽默而富有，还那么帅！她难道做得不对吗？

只有珍妮特不承认她被征服了。而且，她不相信这种身份特殊的人。在田园牧歌的画像背后隐藏着什么？

"什么都没有，妈妈，我向你保证。"

杰基继续把什么事情都隐瞒下来。

长时间以来，珍妮特都在怀疑她女儿是否知道她嫁给了华盛顿最大的一个花花公子。她怎么可能不知道呢？在这片"保留地"

里，总统的名字被载入了各种创纪录的书里。

她的二女儿李将又一次离婚。没有人觉得这样不妥，甚至总统也没有要求她在自己连任竞选结束之后再离婚，就因为这会给他的敌人制造一些用来攻击他的小插曲。

只有杰基站出来反对……因为她为了忠诚于这个野兽什么事情都愿意做。

但是她对约翰·菲茨杰拉德·肯尼迪的感情又有谁能明了？特别是她母亲，肯定不能理解，她母亲就像一台敏感的录音机一样。

她对她丈夫的感情，她不可能再给别人。他是独一无二的，无法替代的。她从一开始就知道这一点。并不是因为他是最帅的，最有趣的，最容光焕发的男人，而是因为他是"总统先生"。

在他的眼睛深处，在他让人无法抗拒的微笑的目光后面，透露出一种脆弱，她可能是唯一一个感到这样一丝绝望的阴影，正是这种脆弱，把她吸引住了，因为她总想给他慰藉，如同安慰一个孩子般的。

这就是她说话的那个人，这就是她爱的那个人，她的梦中情人不只是一个放荡不羁的人，在本质上，他是个纯洁的人，受过伤害，只有在他们俩单独面对大海时才会显现出来他的这一点，这些回归本真的时刻每每都让她心动不已。他就是那个她不厌其烦想要去吸引的人，就是那个她想要拯救的人。

这些话她又能对谁说？谁，她的朋友们听了不会爆发出大笑吗？

她知道杰克没有她也会很幸福，她从不怀疑，他喜欢所有的女孩。但是她要是没有他，就无法适应了。她的生活就不再有原来的味道，她的生活就是一片沙漠。她说这些并不觉得难堪。她不是唯

1958年，杰奎琳习惯每天早上亲自端早餐给肯尼迪，因为她担心肯尼迪只吃巧克力。下午，她给肯尼迪翻译信件和文件，供肯尼迪在国会讨论时用。

这张照片拍于1958年8月的一天下午，当时他的脾气很坏，只有女儿卡罗琳能逗他开心。他本人特别喜欢这张照片。

1959年春，杰奎琳在华盛顿
住宅一楼的儿童房内长时间
与女儿卡罗琳玩耍。

1959年，肯尼迪在华盛顿的
家中拍的第一家全家福。他
的第二个孩子小约翰次年11
月才出生。

1959年秋的一个星期天早上，做完弥撒后，肯尼迪夫妇和表兄史蒂文在俄勒冈州的一个小城共进早餐。

1959年年底，肯尼迪与码头工
会的领导人在会议上吵了一架之
后，神情沮丧，感到孤立无援。

摄影师杰克·罗威目睹了肯
尼迪仕途高升的过程,他曾
在美国任专职摄影师。图为
1960年总统选举期间他和
肯尼迪在一起。

最后一段悠闲的时光。1960
年7月，肯尼迪乘开会之机，带
家人到海恩尼斯港休息了几个
月。杰奎琳让未来的总统坐小
船好好地在海上玩了一番。

1960年7月,肯尼迪在民主党初选的第二天,在洛杉矶的一家酒店内,不顾兄弟鲍比的反对,建议林顿·约翰逊出任副总统候选人。

怀疑，担心……，1960 年 11 月 9 日早上，肯尼迪在他的兄弟鲍比和他的发言人林格等人的陪伴下，在等待大选的结果。直到早上 11 点结果才出来，肯尼迪胜出，多了 118000 票，战胜了尼克松，当选为美国总统。

1960年10月，肯尼迪在伊利诺伊州受到了人们的热烈欢迎。在大选期间，肯尼迪不得不深入群众，在等红灯时也要抓紧时间向公众介绍自己。

1961年1月20日，总统就职的当天晚上，一万人聚集在华盛顿某广场。肯尼迪在阳台上发表演讲："当一个总统多好啊……"

1961年2月，肯尼迪第一次召
开国防部会议。他要摄影师不
打招呼，突然闯进去拍照。里
面的军人当然显得很不高兴。

1961年2月的一个晚上,肯尼迪接到电话,说刚果领导人帕特里斯·卢蒙巴被害。他显得十分沮丧。

1962年，肯尼迪与一岁半的儿
子约翰在白宫椭圆形办公室。

——一个说这种话的人。所有生活在杰克周围的人都知道这一点。杰克改变了他们的生活，他们的生活可能会更好，也可能更坏。

珍妮特不是很喜欢杰克。但是珍妮特又很喜欢过谁呢？这是真的，她更喜欢更古老也更适合她的财富。她总能从肯尼迪家族的富裕繁荣背后，看到他们留有的爱尔兰移民者的痕迹，他们肥胖而一文不名，就像我们无法清除一块干净的瓷砖上的反射光线。

杰基为了让她妈妈放心，很快就告诉她，老外交官把她所有的个人花销都算在他的账上，而且让她打扮得像一个皇后！一个野心勃勃的参议员的妻子能够做到？这就是另外一回事了！珍妮特的额头终于不再紧皱。珍妮特发现她女儿具有了上层社会女人的派头，付钱或给小费说"给！"时轻轻抬抬下巴、挑挑眉毛，表示这其实都算不得什么。这个细节，反映了她彻底改变了自己看东西的方式。对她来说，一段婚姻的成功使她的衣橱的重要性加倍。

总结幸福的方程式并不用去寻找默契，或者是心照不宣的东西。她把这一切用多少浅口皮鞋和与之相搭配的手袋的数量来衡量……

而且，参议员不喝酒……他是个着装考究，皮肤晒得黝黑的工作狂。人们甚至觉得他有十足的把握可以当总统。那她还有什么好担心的？

她的女儿，从来没有告诉过她什么重要的事，也没有说他们的朋友要她保密的事情。他们要她保持怀疑，因为杰克·肯尼迪很危险，特别危险。他是一个负心汉……

从佩罗的童话里，人们就知道这一点是最能吸引女孩的。

杰基一开始还想，她是凌驾于其他女孩之上的。他看的女孩有一大堆，他想要的女孩也有一大堆，但没有谁能让他想要每周末都和那个女人待在一起，而她不同，每周末都和他在一起。

这就是刚结婚时她的想法。

一想到有一天能在他身旁一起入主白宫难道不让她激动异常吗？

杰基不希望自己的生活过得像一个歌剧院的女演员。她想要载入史册，处在时代的潮流中，在权力的更替中。于是，她不再犹豫。她说了"我愿意"就再也不想回头了。

他可以做所有想做的事，说所有想说的话，她从不会提出离婚。

但是他从来不想要她，甚至也没有想和她离婚的念头。实际上，杰基根本就不懂得肯尼迪家族。

3

　　"我所做的一切都是为了你，"杰基含着满腔怒火小声嘀咕，"因为美国总统的官邸布置得既不能像单身汉的套房，也不能像郊区的度假屋。"

　　"这就是你找的用来为你的上百万美元的花销开脱的理由？"

　　"还有什么？我有的是钱。我出版了一本旅游指南，我还在电视上做节目。你想看给我的基金会寄支票的美国人的名单吗？我有记录的，都是些亿万富翁。我们也收到五十元、十元的捐赠。整个国家都和我一起运转。他们梦想着所有白金汉宫和卢浮宫的东西。他们不想让一堆陈旧的玩意儿、印花粗布的窗帘和过时的家具来代表美国，这些东西只适合老女人。"

　　"那么就应该为此找巴黎的设计师，以钻石的价格定购纯手工制作的丝绸？在人们看来那些制作丝绸的工人都像是稻草人，只等一个傻瓜给他们下命令他们就开始生产。"

　　"当然……对于一个连亨利二世风格的碗柜和路易十五风格的橱柜都分不清的人来说，我明白这些细节会让你惊讶。"

　　"我才不管什么法国国王！你把这些都塞回你的脑袋吧！你费那么些事也没有给我多拉到一张选票。最糟糕的是，你让那些相信美国价值的人转身拂袖而去。所有人都想要自己的妻子花钱，但花了钱要看得到好处。你能明白吗？想想约翰·韦恩。你在装潢得像个侯爵夫人之家时想起他了吗？我的美国中西部的农夫们看到你这些纯手工制作的窗帘时会怎么想？他们会做出什么事来？他们现在正在为不用手工去挤牛奶就能把牛奶装瓶而自豪。"

"他们要是知道手工很贵的，他们就不会有什么想法了。"

"你对人民的蔑视让我忍无可忍！世界上还有一个女人相信伟大的奇迹是与古代的欧洲并存的。这个精神失常的女人居然是美利坚合众国的总统的夫人！一位不能承受自己头衔的第一夫人，觉得这个头衔非常'俗气'。你也许更喜欢别人称呼你为'殿下'……全世界的人都羡慕我们，全世界的人都梦想能住到我们家来，使用我们的冰箱，吃着我们的冰沙，我们的汉堡，看我们的电视，而你呢，你却崇尚自然，有品位，喜欢丝绸，名牌服饰。但你知道美国选民对你的高尚品位有什么看法吗？他们才不在乎呢！又不是你去向工会的人解释为什么你会使用外国人在煤油灯下用古老的木头机器制造出来的产品！你要清楚美国之所以那么富有，是因为它制定了一系列标准。流水线生产，你懂吗？你从来就没有进过一家工厂去看。你只喜欢去博物馆！然而现实总是在你眼前隐藏起来了，天啊！在大型的工厂里，那些每小时生产几千件产品的工人的生活都大致相同。他们驾驶着贷款买来的小车子来上班，下班回到他们的小房子里，他们所有的财富都展现在眼前，触手可及，比如长沙发，厨房用具，洗碗机，这一切都是由另一批工人制造的，他们也是晚上回到同样的亭子间，坐在同样的电视机前看同一个节目。他们所有人都以完成工作而自豪，都以身为美国人而自豪。当我们让他们起来为保卫祖国而战，他们毫无怨言，勇往直前。这就是他们的高志向。你的这种穷奢极欲对他们的生活和他们的奉献都是一种侮辱。你知道他们怎么看你穿着的高档时装吗？他们认为这比一笔堪称丑闻的花销更可耻，这是一种背叛：你那么有气派，却没有让他们中的任何一个人为你劳作。你相信那些自命不凡的人，那些傻瓜痴呆，他们只知道把施行人道主义作为自己的'高品位'。但这个词太主观，高品位。最低级的品位就是将你做富人的优越感强加在我乞求选票的劳苦大众身上。就像是你选择在一位富翁的游艇上度假，而这个富翁是靠欺骗美国国库来发家的。这位奥纳西斯还送给你钻石首饰……你简直什么都不知道！"

"当我们是西纳塔的朋友，每个周末都在黑社会往来的游泳池边度过，我们就没有那么麻烦……"

"弗兰基是美国最受欢迎的歌星。"

"这就足以让他有资格称呼你'小鸡宝贝'？！这个人简直肆无忌惮。他边嚼着口香糖边把美利坚合众国总统叫'小鸡宝贝'！你怎么不让他在'鼠帮'¹里给你谋个职位？我看到你出现在这个拉斯维加斯的好色之徒的宣传海报中，站在迪恩·马丁和山姆·戴维斯中间……"

"他是在逗我高兴，我的一个客人忘记了我是美国总统有什么不妥！我早就对那些繁文缛节很厌烦了。我早就腻味了在走下楼梯时，听到'向领袖致敬'的热烈掌声。我喜欢这样，告诉你，你应该像弗兰基·西纳塔一样做一项长久的事业，虽然他在你眼中有点'俗气'。"

"你那些下流社会的朋友对你没有妨碍吗？"

1　"鼠帮"专指彻夜狂欢豪饮、成天忙于追求金发美女的摇滚乐歌手。1960年代时，由弗兰基·西纳塔、迪恩·马丁和山姆·戴维斯组成的一个爵士乐乐队也取这个名字。

"至少，他们在选举时也有一票。"

"美国总统还那么在意杀人犯的选票？"

"我们周围都是杀人犯，亲爱的，你不这么认为吗？要想登上权力的顶峰，只靠礼尚往来和穿着得体就行了吗？我们生活在一群流氓中间，有些人是哈佛毕业的，有些不是，各不相同。我么，我是所有美国人的总统。我不可能只和纽约上层社会的人士打交道。"

他冷笑着，嘴里溜出了美国东海岸上流社会的波顿的名字，这位是杰基最自豪的一个朋友。

"我对我属于这个国家的贵族阶层真的深感抱歉。真的，你能看出我的困惑。要是我知道这样会给你带来那么多烦恼……"她边说边转向他。

"贵——族——阶——层？"

他好像才发现这个词，一字一顿地复述出来。就像屠夫在拿刀割肉前，先把这块肉的每一部分都仔细观察一遍。

"贵族阶层？"

他突然大笑起来。

"你真逗啊，亲爱的。但是我们现在不是面对着摄像机。你看，这间卧室里面就我们两个人，快到午夜了，没有别人，只有你跟我两个人。不用再演戏了。把这一套留到有客人的时候再表演吧。你现在已经长大了，应该要面对现实。你认为为什么我们的祖父都要移民到美国来？因为欧洲有城堡？你知道你那么引以为傲的名字——布维耶——有什么意义吗？'你好，我是杰基·布维耶，'"他故意学她的那种法语腔，"但是你让你的路易十四笑破了肚子。让他的灵魂安息吧！他把你赶出了他的镜宫，太阳王。他在这方面不开玩笑！你知道布维耶在你来自的法国乡下是什么意思吗，想让我给你解释一下吗？就是指那些放牛的人，就像我们说的养奶牛的人。说到底，都一样的，难道不是吗？很有点戏剧效果？对于一位非常讨厌美国西部人民的夫人来说！我也是，我有朋友在巴黎，我也是别人给我讲的这件事。"

杰基脸色苍白。她的血液都转化成了一腔怒火，从她那灰暗的大眼睛里喷发出来。

他发现自己已经有点过分！他本该知道他可以背着她玩女人从纽约到旧金山，从大西洋到乌拉尔山脉……但他不能触及到她的父亲和他们家族起源的秘密，这是让她赖以生存的传奇，当一切都灰飞烟灭，当童年的梦幻被恐怖的现实打碎，当她在一处公寓外面游走，公寓已经被一个歇斯底里的母亲借给了别人。

这个合法性是唯一保持她父亲的崇高地位的方法，唯一让她对生命中的爱保持忠诚的办法，她的周围都是敌人，奥金克洛斯的人，珍妮特打赌说这些人"很好"，有所有的美德，他们有百万家财，珍妮特用他们来侮辱杰基最喜欢的那个男人。

奥金克洛斯们确信自己是新英格兰制造而有安全感，他们会把她看做自己的后代，就像她是一位靠他们养活的穷亲戚一样，把她当做新嫁娘皮箱里塞满的配饰，这个"一穷二白"的人没有拥有自己的名字的权利，也没有任何的特权。她只有唯一一招儿应对他们的这种做法：对他们很势利。

在他们家，草坪被设计得从来不会超过规定的大小，人走在上面脚底发出沙沙的声音，让人感觉好像创造出了奢华和舒适。

但是，这些围绕在她的"好妈妈"的别墅周围的新贵们又算什么呢？当她还是个小姑娘的时候，在她母亲位于长岛的别墅里度假，在整个地区最高级的马术比赛中曾经崭露头角，当时一切都很美好。

当她向她的表兄弟们偶然讲起她的美好回忆，有公园，有喷泉，有马厩，有全体仆从，他们说她说的是钱博德。

当她熟练地执导着那些大部分都是想象出来的故事，她自己编造情节，重新分配每个角色。

这出戏很成功，她取得这样的成功却根本不懂什么是导演，什么是剧务，不管怎么安排那些爱哭的角色。当人们一无所有，只剩下自尊的时候，就能学会演戏。

她还需要胆量和技巧来让人相信她虽然有个酗酒的颓废的老爹，她却可以用一视同仁的眼光看待上流社会的每个成员，用一种略带轻蔑的眼光，而且她绝不羡慕他们。其实正相反，她有很多要向他们请教的地方，以过去的名义，以传说的名义。

她是那么成功地在全世界的面前实施了自己的计划，当在凡尔赛宫举行烛光晚宴时，她在发髻上别上了两个镶嵌钻石的发卡，让人看起来像戴了一顶皇冠一样。

"不管怎么说，我父亲，他知道什么是高贵，他教我要把尊严放到财富的前面。"她反驳道。

"他没有教你要喝光好几瓶波旁威士忌酒吧？没有教你靠借几位富有的叔叔的钱生活吧？没有教你眼睁睁看着一位老人死也不出钱救济吧？他难道没有教过你在花钱之前要先挣钱吗？如果老乔要向黑杰克致谢的话，那就是感谢他保证了酒类的贸易，虽然这种贸易是非法的。"

"追踪我原来的姓名真是太可笑了，屈服于爱尔兰流氓团伙的一员更是滑稽……"

她找到了她应有的语气。但是，现在她表现得很镇静。

她说话斩钉截铁，这让他有点害怕。杰克停止了大笑。一位信仰天主教的总统，还离了婚……这让人无法忍受。

"你想吃一颗吗？"他边问边从衣袋里又掏出一颗白色的药片，有阿司匹林药片那么大。

"不了，谢谢。"她有些厌恶地回答。

"你错了，吃了这种药能有效地抵抗失眠和减缓狂怒的情绪，甚至是在自己家里。"

"我想要离婚。"

"不至于吧。"

他微笑地看着她。她已经这样威胁过他不下百次。最开始，他还相信，但是现在……不管怎样，她也就是吓唬吓唬他吧。

"最终，你是对的，没有一个让我的选民离我而去的妻子在我身边，我也许会进行得更顺利。你的追踪报道，你的发票，把它们抛开我真是求之不得。"

她正在观察自己的连衣裙，是纯羊毛的。这不是到得克萨斯应该穿的衣服。有时候，老天会给人类似的征兆，如果人们细心留意的话。但是，她惊讶地看到他在微笑，一种邪恶的微笑。他到底把她当成什么人了？他以为他能永远掌握主动权。

"你忘了些事情，杰克·肯尼迪。你忘了你有多么需要我。"

"我，需要你？你在开玩笑：你是一位政客从来没有处理过的最糟糕的鸡！"

"这只鸡在巴黎还让你享受了特权。"

"哦，对，你在说我们第一次出访，当他们发现他们在白宫有一个'法国的女儿'是多么疯狂。我站在他们的角度上看，一群骄傲自大之徒，连一场仗都打不赢……他们还有什么值得高兴的。还有你和戴高乐总统一起做的一期节目，很美好，很不错吧？真的是，你们俩就像是一家人，你们都是超一流的谎话大王！这个老混蛋，发现华盛顿有一帮人就不回访了。你身为肯尼迪家族的一员，居然对法国从十七世纪起的国王历史倒背如流，甚至比一个法国人都知道得多！"

她愤怒地瞪着他。

那次去巴黎的访问是她最珍贵的回忆之一。在那些幸福的日子里，她感觉自己就是全世界的女王。

还有凡尔赛宫的晚宴……她穿着白色裙子，在几千支蜡烛的照耀下用晚餐。

因为翻译不能把杰克的幽默故事完整地翻译给戴高乐听，也许这些幽默正能使戴高乐高兴，于是，她遣回翻译，自己上阵代替。她还能回忆起两个国家元首的面容，一个凑到另一个跟前，碰到她裸露的肩膀。晚宴过后，她和杰克两个人单独在夜色中的花园里散步，来来回回地，手心相握，在那些只有鬼魂才经常来去的小径上走着，历史的风迎面吹来，还夹杂着新修剪的草坪的清香。

那一晚的夜色是多么美好啊！

"至少，和法国抵抗运动的领袖谈路易十四可以避免我们谈第二次世界大战，这对肯尼迪家族有利。"

他突然沉默不语。就像一个以为抱住一位金发美女的家伙突然发现怀里是一个变性人。

在她表面一本正经的脸上，开始慢慢蓄积力量。人们都认为她只会关心她的书，她的裙子和小孩，她还有阴招儿，就是招人厌！

"你忘了我们中的一个还去参加了盟军胜利庆祝。"他同样飞快地回应道。

但是他的声音在说最后一个字的时候有点沙哑，就仿佛他还是个青少年，还没完全变音。

现在轮到他紧张得下颌紧绷了。因为她现在是立正的姿势，那么娇小的身材，光着脚站在一块地毯上。显然……但对付玛丽莲就不需要花这么大力气了。他觉得自己很可笑。他想起了自己的父亲，他感到羞愧。

出于对老乔的尊敬，杰基没有多说他什么。她不需要说。所有人都知道肯尼迪家族的家长被大儿子的死击垮了，大儿子承载着他的姓氏和他的野心。没有人敢再补充说悲痛也没能阻止他参加大儿子的葬礼。他从哪一件事里面没有获得好处？就凭这一点他就可以不断走向巅峰。

无论如何，这也不是这个爱尔兰家庭遭受的第一次灾难，也将不是最后一次。

这场家族悲剧也让肯尼迪家族赢得了"在新闻媒体关注下"表现最优异的证书，没有这项技能，在第二次世界大战后的美国就不要想建功立业。于是，他们能抹去其他的……接着在通向权力的道路上前进。

肯尼迪家的人就是这样的，即使死了也要做出贡献。

但她丈夫的感情就像他弟弟的一样太过于敏感，不太适应这盘爱尔兰大杂烩的强烈味道。她难道就不能换个更好的角度去理解，实际上，杰克还是个没长大的孩子，他不停地想要打赢这些他父亲没有打赢的仗？

杰克的额头上满是汗珠。杰基毫不后悔。不管怎么样，现在轮到他了。

＊＊＊

对，肯尼迪总统对父亲的大声责骂已经藏了二十年了，他还能清晰地想起一些场景，仿佛历历在目，从没有从他的记忆里褪去。

他再次回想了一艘靠岸的大客轮，1938年2月，乔就是乘坐它去英国的。他为了让自己的孩子把这一幕牢牢地刻在脑子里，他给他们讲了所有码头上的新鲜事，并以事情的大小来排列。

乔当时五十岁。他即将成为取得胜利的英雄。人们认为这是他权力的顶点。他认为不过才开头，他准备做世界之王。

有哪个爱尔兰来的小移民能有如此梦想？他走的路和那些为了躲避灾难以美国大使的名义派驻在乔治六世国王身边的人完全不同！

杰克的眼前又出现了笨手笨脚的父亲的身影，他的眼睛出奇的蓝，他的热情，他的精力。一个莎士比亚笔下的王子在通向权力的道路上急得直跺脚。

他自己呢，他难道不是一个小丑，戴着滑稽的蝴蝶结，使他成为这个最有权势的家族的族长苍白而可笑的翻版。人们赞赏杰克富于能毁灭一切的幽默。它包含了一个年轻人的绝望，他确定自己不会变老，确定自己没有时间也没有权力建立自己的家庭，确定自己不可能和爸爸平起平坐，在等待结果到来前"消遣"娱乐。杰克的第一次学校假期就是急匆匆地离开哈佛，回到他原来的故乡，在这座大使馆里将举办这个春天最美丽的舞会。

他对英国是多么梦想，对温斯顿·丘吉尔首相是多么尊敬！1931年，他才十四岁，他在医院住院期间就看了《世界性危机》。以前的财政大臣和海军大臣在书中描述，处于共产主义和法西斯主义夹击中的欧洲，没有别的选择，只有参战。

自从希特勒登上权力宝座，这种假设越来越有道理，给了乔一个目标。

对乔来说，他被派驻英国大使馆，无疑首先是对这个最好社会的一个讽刺，是对所有那些长期不把他放在眼里的人的一记耳光，他虽然有几百万家产，却被认为"不合时宜"。"我们能和任何人一起做事……但是同船的只能是来自同一世界的人。"美国社会中享有特权的中上层白人这样吹嘘。这些愚蠢的上层社会白人。他担任美国驻英国大使馆的大使一职，就像燕尾服翻口处的扣眼一样引人注目。他们全都大吃一惊！但这不是主要的。

在他因为挫败了他人的虚荣心而心满意足之后，他的任务也来了。他们都很清楚。

这位爱尔兰人平生第一次操心起了超出肯尼迪家族的事情。或者，更确切地说，他看起来好像是这样。阻止美国陷入这场疯狂的战争。

因为乔曾扬言说可以帮助任何人参选美国总统——甚至是他的司机，他相信美国家庭有一天会感谢他把他们的儿子救出了大屠宰场。

他生命的前五十年，都用在挣美元上了，往后的日子他显然想用来使他在政坛上占有一席之地。"金融王国的创建者的时代已经过了，"他反复地说，"现在人民的选票才能真正诞生权力。"

如果他好好干，他的前途会一片光明。如果他当上了"总统"，可能老菲茨杰拉德——以前的波士顿市长——不愿意让他做女婿！

乔·肯尼迪出发去伦敦，而希特勒此时控制了德国的外交和军事决策权。德国和奥地利的政治联盟不久就会宣布成立。在不到一个月的时间里，每个人都明白了，现在的外交已经不再是平缓得像丝绸一样了，而是跨上了一辆飞驰的马车。

越来越多的难民只带着一只箱子的行李，灰头土脸地逃到英国的首都来。美国驻英国大使的办公室瞬间被求助声包围，有聚集起来的几个难民的，还有陷入绝境的政府的。但是所有向强大的美国请求支援的民主人士都撞到了一面墙上。

乔立即投入战斗。他尽力抵抗那些所过之处顺手牵羊的军队。有人说提坦神颠覆了世界。他不怕任何压力。

通过他的努力，美国驻英国大使馆不再有陷入亲英倾向的危险，这使每一个到白金汉宫的美国人都感觉压抑！乔·肯尼迪有着爱尔兰人的传统习气，他非常讨厌英格兰人。他并不在乎很多犹太人的命运问题，以及他在华尔街和好莱坞的对手们，也不在意那些社会党人，因为在他看来，美国真正的敌人只有一个，那就是共产主义。

如果纳粹分子干的都是"男孩"做的事情，那就值得庆幸了。不管怎么样，古老的欧洲已经患上了不治之症。要么它接受棕色，要么它改换成红色。还有什么更坏的事情呢？

乔把这些用各种语气，各种方法讲给罗斯福总统听。他还在长时间地跟总统重复这件事时，他们在战争中已经失利。这使他一生都在自责。别人背着他把事情处理好了。他的政治生涯还没有开始就已经结束。

1940年10月，他回到纽约，被人戏称为"胆小鬼乔"，人们这样称呼他，是因为他在"空袭"的每天晚上都躲到郊区去。除此以外，他还被贴上了公然仇视犹太人的标签，这个标签一直伴随他以后的日子。

乔错失了机会。他还在战争中失去了一个儿子，他以儿子的名字，也是他自己的名字为一艘战舰命名。

杰克就成了他的大儿子，生活在这样一场家族灾难中就像掉进了地狱。他一直受着夺取成功和英雄主义的教育，不能接受他父亲有任何污点。两个男人之间的鸿沟进一步加深，但这并不重要。他们继续团结一致。没有什么好争辩的。杰克毫无怨言地朝他的梦想去拼搏，因为这是他作为大儿子的职责。

他将继续走他父亲开辟的道路，他父亲已经自己锯断双腿无法前行。杰基知道这一点。她丈夫并不自由。

她是第一个明白，在二战结束二十年之后，杰克在古巴，在越南，面对赫鲁晓夫，面对卡斯特罗时的表现就好像他面对的是希特勒，他在尽一切可能弥补父亲的错误，抚平家族荣誉的画布上的象征耻辱的裂痕。

他在四十六岁时，一直进行着一场接一场的战斗，最终使他在1960年11月当选了美国总统。

当时，杰克·肯尼迪在妻子面前，就感觉自己像是安徒生童话里的国王，买了几个骗子卖给他的一件想象中的庆典礼服。

没有人敢说国王什么都没有穿，他自己也感觉到冷得发抖，但他仍然昂首挺胸走在他的臣民们面前，他们一片沉默。突然，一个孩子叫起来："但是，妈妈，国王，他什么都没有穿！"于是，他的威风扫地，除了逃跑，没有别的事可做。

如果不能让他的妻子有梦想，这人能做国王吗？如果没有很多照片，这人能做明星吗？

杰克眯起眼睛，抽起了雪茄。他有理由去考虑——现在轮到他了——是否所有的方法都是对的呢？

1960年11月，一场选举让他打败了尼克松，在六千八百万张选票中，他以多出对方十一万八千票获胜。有十一个州提出抗议，因为在有些地方，他们俩的选票相差还不到两千票。而最严重的是在伊利诺伊州——首府是芝加哥——因为这里正相反，共和党的胜利特别突出：有四十五万张选票！在别的地方从来没有见过双方的票数有如此大的悬殊。

肯尼迪的敌人们解释这个成功是由老外交官和山姆·詹卡纳安排的，后者是当地黑社会的头目。

但是杰克不需要他父亲就可以和詹卡纳接上头……他有朱迪思，美艳的朱迪思有着乌黑的头发，海蓝色的眼睛，同伊丽莎白·泰勒的一样。让一个黑社会老大的未婚妻做情妇是不是很有趣？

年老的罗斯不止一次地跟他说，什么都不能建立在谎言上。

难道是这些阴谋手段给他带来了厄运？

开始非常辉煌。他的就职演说被全世界的报纸转载，让那些热爱民主党的人热泪盈眶。

"让每一个国家知道，不管它盼我们好或盼我们坏，我们将付出任何代价，忍受任何重负，应付任何艰辛，支持任何朋友，反对任何敌人，以确保自由的存在与实现。"他在就职演说中很陶醉地说道。

"对于那些住在布满半个地球的茅舍和乡村中、力求打破普遍贫困的桎梏的人们，我们保证尽最大努力助其自救，不管需要多长时间。这并非因为共产党会那样做，也不是由于我们要求他们的选票，而是由于那样做是正确的。"

他想用社会进步来作为对抗共产主义的武器。他为了给世界带来进步，创建了美国和平工作队和与其他国家结成同盟。他想要"赢得民心"，他在虚有其表的艾森豪威尔将军和尼克松副总统那里发现了在古巴登陆。

但怎么才能让第二次世界大战的获胜国恢复秩序呢，而他的经验仅限于一艘军舰的舰长？

然而，历史并不让他高兴：强大的美国在这个小岛上什么都没有得到……这违反了他所有的原则，首要的那条就是尽量缓和两个超级大国之间的紧张关系。

美国飞快地向全世界证明，尤其是向第三世界国家证明，美梦止于漂亮话。

对这一观点，人们用门罗——美国外交政策原则的制定者之一——的理论来加以反驳，门罗禁止其他列强在美国的北部或者南部的美洲涉足。他当然同意这个观点，绝不允许在离佛罗里达州几链[1]的地方存在苏联的一块地方。

但是，猪湾事件发生了！

谁想出来的在一个名字那么难听的地方登陆，他就将也得到同样的称谓！

大约三年以后，他越来越明显地感觉到他上了美国中央情报局的当了。他本该阻止这次突然袭击，或者促成袭击的成功。他别无

---

1 链，旧时计量距离的单位，约合200米。

选择。他什么都没干，选择了不冷不热地处理。

因为有人向他保证，一旦这个消息被所有古巴人民知道之后，他们就会起义推翻卡斯特罗，于是他同意了，条件是不准任何美国人卷入这场战争，起义的队伍也不能有美国的空军支援，不管许下的是什么承诺。

一切以惨败收场。

1961年4月17日，一个刚入门的人自认为是个伟大的决策者的幻想终于破灭了。

他应不应该也同时取消一个半月之后去欧洲的出访安排？在欧洲，他会拜访戴高乐，接着是赫鲁晓夫——他的头号敌人。

不，他这样就表现得像个懦夫。

巴黎只吸引杰基。巴黎已经向杰基铺出了红地毯。人们只能看到她，只能听到她的声音。甚至是戴高乐将军，这位面无表情的高个子男人也掩埋在她的魅力光环之下。而他，没有人重视他。同时，他感觉这些法国人很肤浅，因为他现在名声扫地了。

"我有必要介绍一下自己，我是陪杰基·肯尼迪到巴黎来的人。"他用习惯的幽默语气在记者招待会上说。

所有人都大笑。

又一次，没有人从这句话里听出潜藏的绝望。这就是到巴黎的访问，对杰克·肯尼迪来说，这次经历给他留下了自1940年以来就没有受过的屈辱的回忆。

在所有的杂志都在高歌肯尼迪夫人的品位时，有1130名相信美国承诺的古巴友人正被囚禁在卡斯特罗的监狱里。他没有一晚不认为自己应该对他们的命运负责。114个人死亡，就是因为他拒绝派出原来给他们承诺的飞机支援。

在他的领导下，世界上第一强国在国际舞台上处于很滑稽的地位。而且，现在正是冷战时期！人们都在怀疑每一次示弱都会被苏联理解为对使用武力的鼓励。

难道厄运会从上一代传到下一代？肯尼迪家族难道都是一些无法采摘胜利果实的赢家？

对，他想要尽快摆脱这一切。他想要尽快重新开始工作。这就是为什么他们会到这里来。为了赢得能弥补一切的第二次总统任期，这样才能消除那个污点。

对，杰基在这次巴黎之行中对他很有用。在接下来去维也纳的出访中对他更有帮助。

对，他让他的妻子处在最糟糕的情况下：面对苏联，面对古巴，她是他纸牌中的百搭。她表现很出色，有时候甚至让他有点嫉妒，因为他才应该是吸引众人目光的人，他才应该散发无可阻挡的魅力。她，通常情况下，都是很冷静，保持距离，高不可攀……但她却与之不同地挥舞着她的红色披肩，让野兽们不再愤怒。

他回想起赫鲁晓夫，凑到杰基的耳朵旁边，给她讲一些让她露出浅笑的故事。

在他用这种方式谈话之后！杰克被搞晕了，直至忘了自己在哪里。人们看到他一会儿站起来，一会儿又被眼前这一幕迷住了，坐错了椅子，朝赫鲁晓夫夫人的膝盖上坐去！

幸好总书记什么都没有察觉，好像被他面前这位花枝招展的肯尼迪夫人迷住了。

"哦，总书记先生，不要用你的统计数据来烦我！"

杰克听到这句话惊讶不已。这个用数据炫耀的独裁者该作何反应，他正在用数据炫耀社会主义制度的优越性，列举了这儿有多少公担[1]的小麦产量，那儿有多少吨的钢材……

她让他突然停住，这和戴高乐总统建议他不要用政治人物惯用的辩证法强调来讲话时一样，因为戴高乐知道他会把他们都搞迷糊。她这个美丽的蠢妇会引起他的狂怒。

"伟大的卫国战争"的英雄此时就要发作，要是这样整个国家都会颤抖，如果有同样一个人在他面前表现得这么无礼，他肯定会觉得自己在国际舞台上丢了面子。而他却爆发出一阵大笑，笑得像庄稼汉一样憨厚！

对，杰克知道杰基能把他从最绝望的事情里面解救出来，这就是她到这里来的原因。他要让她面对那些对他们最怀有敌意的人：在拉丁美洲，她的西班牙语讲话，她穿的小裙子，她漂亮的手套让人们忘记了美国的帝国主义倾向。她的微笑甚至让那些反卡斯特罗分子，那些被抛弃的盟友们接受。

经过一年半的谈判，在快到1962年圣诞节的时候，卡斯特罗终于同意把囚犯"卖"给美国，肯尼迪家族当时在他们位于佛罗里达州的棕榈滩别墅度假。杰克于是把参与登陆的部队的军官都请到家里来。

所有这些人都知道他们为了谁而受那么大的罪，是为了美国总统，他把他们卷入战争，最后又撤走支援。他们在客厅里不断地走来走去，换着脚，既感觉到很荣幸能到这里，又因为被人当做傻瓜而感到愤慨。

1　1公担相当于100公斤。

接着，杰克把杰基叫来了。

她用西班牙语和他们打招呼。然后，她让孩子们到游泳池周围玩。古巴人抱怨说：这样打乱了他们的游戏！她只简单地回答他们一句：

"不，我坚持要这样。他们可不是每天都能见到英雄的。"

于是，回忆的沉重，痛苦和怨恨就这样神奇地减轻了。他们感动得热泪盈眶。

几天之后，她又在他的身边，面对着聚集在迈阿密橘子杯比赛看台上的五万名被驱逐的古巴人，庆祝他们的自由。他们中有些人失去了儿子，有些人失去了兄弟，都是因为美国总统。不管怎么样，他们还是热烈鼓掌。多亏了有谁？

当时，所有人都劝他不要去那里。不要带杰基去。但是，正因为有她，他们才获得了原谅。

当人们成为敌对的目标时，自己展示手无寸铁通常是最好的解决方式。没有比这更能有效让人回心转意的事情了。他的安全将会受到威胁，他就像一个走钢丝的演员，脚下是万丈深渊。需要信任，就这样。所以，每个人都觉得他没有什么可指责的。

他背叛了古巴人，还背叛了别的人。因为政治要求他这样做。当涉及到管理一个国家时，就没有忠诚，也没有诚实可言了。只有一些需要抓住的机会。他一直这样做。他总是用一个词"自由"来使他们陶醉，然后他又很快把他们遗忘了。

然而，如果需要再做一次，他也会重复这样做。

他还需要杰基的帮助，比如这次得克萨斯之行。她对他有用，他却没有怎么感谢她。因为他还想让她取得更大的成功，想让她变成一个明星。

这样对她不公平，就像他对他以前所犯的所有错误的证人一样的不公平。但是，他非常需要她，因为她拒绝分享他的成功。

"你将会在我的祝福声中离婚，但不是在这里，也不是现在。十年来，我们成功地在一起生活，对双方都没有造成什么伤害，还要继续保持……至少要保持到星期天。"

"要让我再忍耐一天都不可能，更不要说三天了！"

"今天和星期天，我看不出有什么差别。"

"相反，我看得出差别。如果我再涉足于你的竞选活动，就完蛋了。总有一个理由把我牵着鼻子走。我已经受够了坐火车。我想在开车前下车。"

"不是在这里，不是在达拉斯。否则，我就将取消行程，这将会是一个耻辱，一种软弱。听我说，你还记得你是怎么到我家去的吗，你只带了你的内裤。如果你不想以同样的打扮离开这里，就要配合我。"

"你从来没有这样对我说过话，杰克！"

"真的吗？好吧，现在是让你深入了解我的时候了。"

4

现在是1963年11月。他不再是1961年的小男孩了。他长大了，他能证明。

苏联把162枚核弹头安装在了古巴，这就给了他第二次机会。他不会让这个机会溜走。

在十三天的狂风暴雨中，他一直执掌着小船的方向，官方数据称没有牺牲一个人。

这次探险，让他有了骄傲的本钱。多亏了他的冷静，世界才没有险些陷入第三次世界大战。那些不可避免的事情更加糟糕。自从在广岛投下原子弹之后，大规模杀伤性武器大量囤积。

不会再为此牵扯进任何一个慕尼黑了。

苏联夹着尾巴垂头丧气地离开了……

赫鲁晓夫本来想要把他握在手里吃掉，他刚签署了不扩散核武器公约。赫鲁晓夫在全世界面前栽了跟头。美国重新在国际舞台上找到了它应有的位置。

为什么要纪念没有发生的战争？这是对抗恐惧的胜利，这是对抗权宜之计的胜利，这是不战而屈人之兵的胜利！

这十三天，在约翰·菲茨杰拉德·肯尼迪的生命中非常重要，他在自己的银质日历表上把这十三天划了出来，他给参与这场战斗的每一个人都发了一个这样的日历表，后来他还给他们每个人的衣领翻口上都别上了奖章。他也应该给他的妻子颁发一个奖章。为了让她最终发现这些辉煌的日子，她有意忽视的日子。

1963年的第二次欧洲之行其实也不需要她的帮忙就取得了成功。

那一次，他是单独出访。

他在发出激动人心的口号"我是柏林人"[1]时，并不需要她。

在西德人面前，他承诺他们的自由是美国的伟大事业。他不会放弃他们。

在动荡的1961年，修建柏林墙的时候，他没有闭上眼睛吧？他没有像艾森豪威尔在1956年背叛匈牙利人那样背叛西德人吗？

但是，了结了，很好地做了了结，他不再受苏联人的影响。

"有些人说共产主义就是未来。让他们到柏林来！

"有人说在欧洲或者其他地方我们能和共产主义者和平相处。让他们到柏林来吧！

"有人说共产主义制度也许是洪水猛兽，但它能带来一些进步。让他们到柏林来吧！

"我们的民主不是那么完美……但是，我们从来不需要建一堵墙来阻止我们的人民逃亡。

"在十八年的和平和信任之后，现在的德国青年一代享受到了

---

1 原文为德语。

自由的权利，享受到了家庭团圆的权利，民族团结的权利。当所有人都享有自由，那么这个城市统一的一天就到来了。所有的自由的人，不管他们生活在哪里，他们都是西德的公民，因此，我也是个自由的人，我要说：我是柏林人[1]。"

现在谁还会想要责难他只是一个纨绔子弟，为了父亲才去参选总统的？

是的，他急于要扭转局面。他想忘记第一次灾难性的出访，因为他确信他现在工作做得很出色，不会再像原来那样受骗上当了，他能实现"他的"和别人的政治理想。

这一次，他是一位真正的总统。不是受别人摆布的总统。他实现了一些奇迹，因为这是他的愿望。有太多事情要做了，太多梦想需要实现了，他觉得这些都有必要做。

他想和她一起做这些事情。他也做好了独自做这些事情的准备。

突然，他找回了自己的骄傲感觉。

"你提醒我，我父亲在第二次世界大战中的作用是对的。在苏联通过古巴威胁我们的时候，我常常想起他。我证明了我们可以在遵守某些原则的基础上阻止一场对人类造成重大毁灭的冲突。"

但是她大笑起来。

"你把我当成《达拉斯论坛报》的记者了吗？你以为在我面前挥舞小旗，我就会相信这种给孩子听的童话吗？"

---

1 原文为德语。

"一个童话？射程能达到佛罗里达州的一千五百万居民……"

"他们给你送了一个多好的礼物啊！你都没有谢谢他们。时间，地点，演员的完美结合，一切都遵循古典戏剧的法则来安排。对你这样一个谈判高手，没人能想象出还有比这更奇妙的事情来了：美国总统把导弹危机安排在了十八个月前他表现出失职的地方！甚至是苏联，那么能篡改历史的，也不会做到你这么好。任何一个中学生也看不出来1961年4月的猪湾登陆惨败和1962年9月的'导弹危机'之间的差别！"

"你怀疑我可能编造了第三次世界大战的威胁来为以后摆出战胜者的姿态服务！"

"我怀疑你为了和苏联较量什么都做得出来，我怀疑你在拿核战危机开玩笑。你父亲至少不会因为编造一个世界性的危机再吹嘘说已经解决了而自责。你却装出一副英雄好汉的样子，在你上次溃败之后，你威胁了古巴好几个月！你有多少次想谋杀卡斯特罗？你竭尽全力让他相信还有一次新的镇压。你竭尽全力加速和苏联之间的紧张局势，直到把你的导弹安置在土耳其，射程能打到苏联的南部边境。是你自己让自己丑闻缠身，当他们在古巴夺取政权的时候。你长期宣称对手的武器装备如何先进，让我们都很害怕，于是我们在五一游行的时候拿出了我们的防御武器，你的这一套办法快过时了。先吓唬一下人民再以他们的拯救者的姿态出现……我们都熟悉你的表演。都是老一套。有一天，奥斯卡应该给你颁发两次甚至三次奖了！如果一直没有人发现这是你耍的花招。否则他们会很恨你。你当心人民会给那些太迎合他们的人安排什么样的命运！啊！大话王！你在家真是个好父亲啊，你居然连自己孩子的微笑都出卖！"

又来了！所有一切都是为了"这个"！只是为了"这个"……

他的下颌又收紧了。他除了把第一个孩子的照片放到杂志封面上，让孩子的微笑和眼神来拉拢女性选民，就没有别的招儿了。

他仔细地打量她，就像碰到一个障碍物的时候，在考虑是把障碍击倒，还是绕道走。

她的把戏太简单了。不用再到别处去寻找她发怒的根源了：他和约翰-约翰在椭圆形办公室照的照片，当时她正在希腊懒洋洋地晒太阳，这些照片全世界转载，她对此总是难以忍受。

他完全知道这一点，这是她的一块心病。

"就连亚马逊流域热带雨林里的最原始的土著居民都知道照相不会摄走人的灵魂。你不用为我们的儿子担心。他以后会很骄傲，在三岁的时候在美国总统的办公桌底下照了一张相。谁又知道他有一天不会在那里办公呢？"

他回答得恰到好处。于是，她不再抗议，也不再辩驳。

"我不想要他'以后感到骄傲'；我也不希望他被教育成权力的理所当然的继承者，全美国的所有小公民都和他有一样的当总统的机会。我希望他'正常'成长。我想能带他到公园玩而不需要保镖在旁边。我想像一个负责任的主妇一样和孩子们生活在一起，而不是像一只母猴子，被关在动物园的笼子里。"

她想离他远点，朝窗户走去，但他一下子抓住了她的手臂。

"他们是肯尼迪家族的人，他们不是别的人。你再跺脚也改变不了什么，我们的孩子就是美国的孩子。"

"但是你还把自己当成路易十四啊！醒醒吧，总统先生！我们生活在共和制国家。我们有的是孩子，而不是王子，也不是电影明星。我们和其他人一样组成一个家庭。我们关上门来可以玩拼字游戏。我们看记事本，我们制定旅游计划。我从来都不能接受我的孩子被当做市场上的牲口一样陈列。"

"我们的孩子所有权不都在你！"

"那你呢，你就有吗？"

他松开手，转过身去，背对着她。今天晚上他要对付她了。他又无休止地说道。

"他们都是肯尼迪家族的人。他们属于一个集体。这个集体的工作就是为了我能第二次当选。你记住这一点。我们所有人都为了这个目标在努力，也包括你。接下来，我们会为鲍比而努力，然后是为泰迪。我们的父亲已经建立起一个帝国，并且为美国服务。我们都将登上历史舞台。"

"登上历史舞台！登上电影舞台，倒是真的。"

"对，电影舞台，因为为了取得今天的成就，就应该是一个演员，应该不拘泥于角色。我从二十岁起就开始为肯尼迪家族的姓氏做贡献。我说什么，是从我出生起。是从我在南塔基特湾开始，当时要尽力赢得所有的赛艇和游泳比赛。才十二岁，我们就每天要参加两项比赛。'不能得第二名或者第三名。肯尼迪家的人没有失败者。'乔在好莱坞的电台里大声疾呼。他遥控指挥我们。甚至在足球赛时，年幼的要为年长的铺路，没有什么好说的，因为大家知道有一天也会轮到自己头上。做长子的牺牲很大，但他同时享受的特权也最多，这是公平的。我哥哥去世以后，我立刻就知道了我肩负的重任：现在将由我来完成爸爸的雄心壮志。我没有哀叹，也没有逃避。我想我的孩子，他们也知道做出牺牲，日后才能得到'别人的牺牲'。他们有一个使命，你不要不高兴。他们不是'纨绔子弟'。他们永远不该忘记我们享有的特权要求我们尽更多的义务。"

"我不想让我的儿子涉足政坛！我讨厌政治。"

"你以为有人问过我，我喜不喜欢政治？你以为有人问过我父亲乔，他喜不喜欢战争？我们的父亲不是告诉我们说这一点无关紧要？你以为我的父亲如果把一个儿子奉献出去了而不是为自己的事业，他会感到高兴吗？他常常说他有四个儿子'漂亮强壮得如同寺庙的四根柱子'！但是，现在需要这个寺庙用三只腿也能支撑得住。只有骄傲自大的妇女才做她们喜欢做的事情……什么是'喜欢'？最重要的还是实力。如果可能，想想还有什么办法可以获胜。只会说'我想，我能'。生命很短暂，至少它是闪光的，它能在天空划过一道直线，一次闪光的回忆。政治也和生命一样，是一场大规模的游戏，是一个天大的谎言。我被选上总统或者没有。其余的都是废话。我看着我的哥哥消失，看着基克去世，总是我母亲举起手来组织大家吃早饭。当我们围桌而坐时，她就会感谢上天让我们和那么多美好的性灵一起生活。在这种时候她很了不起，罗斯。你想谈谈导弹危机，对吧？你讽刺我把这场战争由大化小，只牺牲了我们的两个先锋队员。我们悄悄掩埋了一些士兵的尸体，因为不应该让爱国热情再次升温！那么，你回想一下这个时期我有多长时间是一个人在战斗。你整个九月都去哪里了，到打猎的季节了吗？你去操心别的事情，而不是你的丈夫，我可以这样说，正遭受的动荡威胁你的国家！你生气得跺脚，是因为在弗吉尼亚州，你的朋友们在你还没到的时候就开始玩了！那些日子，我明白了很多事情，尤其是我们的结合是建立在误会的基础上的。你不和我一起走，你在别处。天啊！苏联人怎么能有这样的坏习惯正好在狐狸从洞穴出来的季节里威胁美国的安全？全世界的人都在我身后，全世界的人都惊呆，有几百万人的生命因为我的冷静而保住了。我们不知道我们明天要做什么，除了要钻到地下的防原子弹工事里呆上几个星期，或者可能几个月，而杰基·肯尼迪还在为她的头发和狐狸哀叹！但是，有很多妇女当时在哭，她们害怕再也见不到她们的孩子了！"

这一次，他确信自己已经赢了。他不用看她，让她感觉被射中了。一切尽在不言中。接下来，她的声音明显变弱，以至于他都没有听清楚开头的几个词。他在她说完"玛丽"这个词以后才听到了。

"你是不是对别人也说过像对我说的要陪我度过余生那样的话？你是怎么安排戴维营的？你和玛丽·迈耶住一个卧室，你让我单独和孩子住一起？我还没有去那里看过，我都不知道那里有多少间屋子。"

她怎么能这么小心眼，把这么多细节都记在脑海里？

玛丽。玛丽·迈耶。

他已经好几个月没有见到她了……三个月。他为了想清楚一点，开始了回忆。

是真的。在危机的第一天晚上，他就邀请她来吃晚饭，而没有叫杰基。因为他既想占有情妇，又不想失去他的家庭。他忽略了这著名的一天将是倒霉的一天。他怎么可能猜得到？

一名军官进入客厅，报告说为了预防遭打击，需要立即乘坐即将降落的总统专机前往一个秘密地点躲避。于是，玛丽泪流满面：她的两个女儿还和保姆一起待在纽约！

杰基完全没有想到，他都知道，然后……

实际上，他真的已经记不起当时他的想法了，他知道现在他的
想法，他面临着同样的情景：离开这里，和一个他想要与之上床的
漂亮女孩一起被关到地下几周或者几个月。

他没有想到他妻子的口是心非。几个月来，她什么都没提，也
没有做任何表示，她总是抓住必要的机会用一些无关紧要的小事来
责难他。很久以前的回忆。

5

　　她的手指间还端着那杯酒，看了看酒，这一次一口喝下。如果她在白宫，她可以立即叫来直升机，直飞到弗吉尼亚州去。

　　在威克斯福，萨达尔在等着她，那是一匹巴基斯坦总统送的去过势的红棕马。她的裙子像丝绸般闪闪发光。只要她握缰绳的手指抖几下，或者腿肚子稍微夹一下马，它就能飞越过篱笆。它有作为公马的热情，但是，一旦需要过障碍，它都会等待她发号施令。它是一匹温顺的马。

　　和萨达尔在一起她什么都不怕。它给了她力量、精神和勇气，她给了它智慧。他们俩联手将会所向披靡。

　　在威克斯福，她和萨达尔绑在了一起。在树林里的一次骑马散步，能让她恢复活力。从她坐的这个阴森的饭店的扶手椅上，她能听到木鞋在地板上走过的声音，就像是在大路上奔驰的马蹄的节奏。她闻到了太阳下的棕色蕨类散发出的香气，她只要一闭上眼睛就能看到马儿的鼻子里喷出的雾气，马儿的颈部肌肉结实地碰撞着，支撑着它有点重的头，像一个舞蹈家一样运动。

　　打猎，她的朋友们现在说不定在打猎……她对打猎的热爱不得不因为对政治的爱而割舍……骑马打猎不正是游手好闲、为非作歹的贵族们的一项消遣方式吗？

她在取笑他们的想法和他们写的东西。

在骑马穿过树林的时候，至少她重新找到了生活的意义和乐趣。

就像诗歌、绘画等各种表现美的形式，风，田野的香气都能激发她的天性。大胆而冷酷的女骑士能扫除一切有良好修养的城市女性的烦恼。这份陶醉是任何一个人类"机械师"所不能体会的，那些对机器人制造着迷的人只喜欢被肢解的人。那些可恶的小男孩就想去拆卸对他们来说太高难度的东西，他们绝没有再组装还原的能力……

是的，在木头上的撞击声，渐渐消失了。脱去了文明华丽的外衣，重新成了一头觉醒的野兽，突然停住，贴近大地，去嗅最微弱的气味，去听最细微的声音，然后攻击。

只不过，她现在在这里，得克萨斯州，实际上也在打猎，但她成了猎物。

需要自我保护，要在致命一击到来前赶紧逃跑。

因为这就是他们的文明，一种杀人不见血的艺术。

她回忆起自己怀孕六个月的时候，她满心欢喜地入住白宫，完全不知道，出于误会，她比秘书林肯太太制定的日程安排表早了一天进入白宫。

于是，她发现总统邀请的和他共度良宵的四个客人的名单。在她们中间，就有这位尊贵的，脾气大的，美貌的玛丽·迈耶。她是杰克的中学同学。

"亲爱的，你怀孕了状态还那么好，"玛丽说，带着一副玩世不恭的表情，杰克最难以抗拒的就是她这副样子，"你的裙子很赏心悦目。我，我最讨厌怀孕。"

但是杰基尽量不让别人察觉出她的状况。她费了很大的劲儿去使她的身材看起来瘦一点，在肩部和颈部做了些修饰，把人的注意力吸引到那里去……至少，人们能产生幻象，好像忽略掉了人作为动物的这种粗鄙的身份！

在法国，有教养的人甚至连这个粗鄙的词都不会说：怀孕。在法国，人们说"处于一种微妙的境况里"……

她被玛丽的这种放肆无礼侮辱了。她本来想回答玛丽，在她这把年纪，这种问题是不能提出来说的……玛丽·迈耶刚庆祝了四十岁的生日。但是她什么都没做，因为她不想以此来逗乐另外三位客人，其中有两位男士，都是她丈夫长期以来的"经纪人"——一场敌对的较量，一场妇女间的厮打，一边是妻子，一边是情妇。她不想让杰克的伙伴们看出她头脑清楚，失去宠爱。她拒绝在大街上演出她丈夫编排的喜剧。她更愿意装作什么都不懂的白痴。

于是，她整晚都保持微笑，但没有参与这个让杰克高兴的谈话。而且，她很忧虑……

但是，这个玛丽简直要把她逼疯了。她做梦的时候还能看到玛丽的面容，她惊醒了，独自一个人在床上，怀疑自己有没有抱着丈夫睡觉。他给玛丽说了什么，他怎么对玛丽谈论她的。她简直气坏了，当杰克建议她去伦敦度假几天好好购物的时候。

对！购物！难道这很严重吗：女孩都爱逛街。花钱，花钱。在某种程度上是一种新的分享世界的方式。

直到发生了格雷厄姆丑闻。

菲利普·格雷厄姆是《华盛顿邮报》的主编，也是杰克的一个老朋友。在白宫周围刮起了放荡的风气之后，他抛弃了夫妻生活的责任，陷入了狂热的婚外恋中。妻子的离婚请求，让他的精神受到意想不到的压抑。

当每年一度的美国通讯社大会在亚利桑那州的菲尼克斯召开时，他登上讲台，像一名喝醉了的爱尔兰人一样，开始胡说八道，尤其是说了他的好朋友肯尼迪总统和情妇迈耶太太，迈耶离过婚，有两个孩子。同时，他抓掉自己的领带，衬衣上的几颗纽扣也被扯掉，他已经被那么多秘密压得喘不过气来了。一个政府官员就此没落。

人们把他强制拖了出去，他住进了一家精神病院。杰克不得不远离玛丽。为了证明这个老疯子说的都是错的，他不能再邀请她去白宫了。

最后，杰基松了一口气，虽然后来发生的事情很残酷。

菲利普从医院出来以后就自杀了。这样一切都结束了。有一个人去世了。杰基非常震惊，写了一封八页的信给他的前妻。她是不是觉得自己有责任？为什么？

几个星期内，杰克都没见过玛丽，然后，所有的事情又都和从前一样了。他不是一直在重复说他是个自由的人吗？"我们不管付出任何代价……我们不管肩负任何重担……为了胜利，为了自由……"这是她听到他的演讲里说的。最终，她觉得这些话很可耻。

所有人也都明白这一点吗？这样的自由是人们向往的吗？世界在改变，家庭生活、道德伦理都崩溃了。"肯尼迪总统对性的热爱和艾森豪威尔将军对高尔夫的热爱一样。"华盛顿的聪明人都在议论。

每一次，报纸上登载她的消息，那些白宫的记者总是以这样一句总结来取乐："晚安，肯尼迪夫人，不管你睡在哪里。"

人们说，每一次她出门去了，他都会带一个女孩回来睡在他的床上，那是"他们"的床。他们说这是杰基的错。如果她不离开的话……

她不会自掉身价去解释说她就算在也改变不了什么。他不可能做其他事情，除此以外的其他事。他对性很依赖。

因为他不喜欢别的，甚至都没有别的喜好。她很确定，或者是差不多确定。他唯一需要的就是证实他的能力，如同一个对自己有怀疑的人，需要去吸引别人来证明他的存在，就像一个政客需要公民的投票上了瘾，仿佛一个人不想死，好像一个猎人需要杀死别人才能证明自己是活着的。

用手捂住眼睛、耳朵、嘴巴……不准看，不准听，不准感觉，不准说。一尊雕像……玛丽莲这样说。

她是不是应该抗争、大叫，迫使他表面上尊重夫妻关系，禁止他带那些女孩到"王后的卧室里"去，"她"的卧室里去。

她不能这样做。她说不出来这种话。这些话都被卡在一个深不见底的深渊里了，深渊就是她童年的恐惧。她曾是一场懦弱事件的受害者，这让她很害怕，她丈夫太明白这一点了，于是他竭尽全力去表现他不怕任何事，也不怕任何人。一直萦绕在她心头的失宠的孩子的恐惧已经被消除了，她归因于他们不太重视她。这不是一个道德礼俗的问题。

她有很多事情都不说，她没有告诉过他她什么都知道，她发现了别的女人的一条项链，甚至一条女式内裤，有意地摆在她的衣物中间，就像一个战利品，她只能当它们不存在。

她把别的女人穿过的拖鞋扔到壁炉里烧掉，把珍珠首饰扔到垃圾桶里。她除此之外还能做什么呢？

她和他一样，用勇气这个词来欺骗自己，陶醉在英雄的故事中，她对法国抵抗运动中的重大活动的人物名字牢记在心，她读过所有关于戴高乐的书，就如同他读了所有关于丘吉尔的书。她很喜欢看法国电影，里面的女孩骑着自行车穿过密林去送信。她看着觉得很害怕。

她知道什么？

她没有任何迹象，任何证明。

当需要穿过饿殍满地，怨声载道的加拉加斯郊区的时候，她坚守在自己的位置上。在车外，人群高喊"杰基！杰基！"，就像一层巨浪，阻止她随行的小轿车前进。保镖们都爬到了上下车用的踏板上，身体贴在他们的车窗上保护他们。中央情报局已经发现了一些古巴的特务，到这里来阴谋刺杀美国总统。这是他们说的。在这同一个地方，三年前，尼克松被扔来的石头砸到过。

"就为了这个，我们也不能畏缩。"杰克说。

于是，杰基跟着他来了。她和他在一起感到很幸福，在汽车里紧握着他的手，在危险中对他有所帮助。

在华盛顿时，她甚至就想过要留下一封信，如果他们遭遇不幸，她的孩子都交给肯尼迪家族最年轻的泰迪抚养。

在加拉加斯，只要他说他需要她就足够了，这话就像他在巴黎、维也纳或者在他们婚礼过后的长长的病假期间所说的。当他们写《当仁不让》[1]的时候，当他们面对从古巴释放的囚犯的时候，这一次，在得克萨斯，他只要这样对她说。

在经过了考验之后，人们总是对她的胆量赞不绝口。但杰克对

---

1 原名Profiles in Courage。1956年，深受脊髓手术之苦的肯尼迪写作了此书，讲述了美国历史上八位最勇敢的参议员的故事。该书随即获得普利策传记类图书奖。但近年有研究认为该书为他人代写。

她投来的钦佩的目光就是对她最大的鼓励。为了他，她有用不完的勇气。

他一直以来的缺点就是老是和她对着干。

家庭内部的小争吵，关于权益的冲突，让家人心碎的举动，这就是杰基的遭遇。

从楼下传来一阵萨克斯的乐曲。像一只动物的怨曲，垂死的尖叫。接下来是一阵轮胎摩擦地面的声音，随后万籁寂静，夜色吞噬了恐惧和别人的故事。杰克在扶手椅里动了动。椅子的皮面嘎吱一声响。

"我头好痛啊。"他说，仿佛这句话里饱含歉意。

她应该怎么办？跑过去给他喂一颗阿司匹林或者掀起裙子跨坐到他身上，检验一下他的腰部功能？她克制住自己尖刻的笑容。

"做爱"……这难道不是美利坚合众国的总统用来治疗头痛的唯一验方吗？

如果不是有一天曾问过令人厌恶的金赛博士[1]——以前是禁欲的清教徒，后来成为性学专家，他正着手研究剃平头的成年公猴和穿高跟鞋的母猴各自在性方面的习性，她不知道该怎么回答杰克。

杰基将会给他解释，据这个研究者说，性高潮对美国总统来说是一剂抵抗头痛的良药。最终，他在性事方面的经历都将成为医疗处方。

杰基知道做些努力。她总是尽力做好自己的工作，她从来都会

---

1 金赛博士（1894—1956），美国社会学家，1948年出版《金赛性学报告》，引发激烈的辩论风暴，并且普遍被认为是20世纪60年代性解放运动的导火素。

在一次重要的会见前看很多书。在两性关系方面，她也是很认真地对待。

她不得不每周两次通过电话请教专家。一开始，她怀疑总统到别处去睡觉是她的错。她也许不知道怎么做爱能和别人一样好。这是一个知识的缺陷。所以，她寻求解决的办法。但是这没有改变什么。

好像杰克看她就和看别的女人不一样。最终，一个聪明的女人就应该表现得好像这件事没有什么要紧。

相反，性学家们却认为这件事非常重要。

十年来，他们把性爱实践列成一个图表，画成曲线和统计数据，就像别人分析国内生产总值和消费总量那样。但是，他们从他们的数据中看出什么来了？同他们一样，文艺复兴时期的外科医生在解剖刀下寻找灵魂，宇航员加加林在星星的后面……他们中的任何人什么都没有发现。谁能相信爱情能用一定剂量的荷尔蒙来衡量？谁能相信性行为只是一个纯粹的保健活动？

在他们的理论中，对伴侣的忠诚就是一种去势的形式，由统治者发明的，在他的家里建立自己的统治地位。她想要见见他们，带着嫉妒和他们争辩。这些和蔼的机器人只想让别人回答他们的问题，"你第一次手淫是多大年纪？"就像询问别人得麻疹或者流行腮腺炎一样自然……

杰基想到这里荒唐地笑了两声。

杰克非常惊讶。他疑惑地看着她。

"我说了什么好笑的事吗？"

"不，我想我刚才可能是看了一些让你不舒服的绘画了。"

"让我头痛的是有人想要用粗俗的手段来收买我。他们把自己当什么人了？他们又把我当成什么人了？"

"说不定这也不是针对你的……"

"我对此从不怀疑，但就算这是为了你，他们才做这种坏事，这又有什么不同呢？他们以为他们对你的讨好就能让我对他们宽容和慷慨吗？"

"为什么不？"

杰克耸了耸肩。他拿起刚才她粗暴地扔在矮桌上的麦克米兰的报告，机械地翻了起来。好像他还没有完全把它背下来。

突然，她冷不丁地又问他，就像一个人突然潜入冷水池里。

"她叫什么名字？"

他一点也不吃惊，仍然很冷静。

"哪个她？"

"就是现在给你带来麻烦的女人。"

"你想让我按字母顺序来排列吗？"

他温柔地微笑了。

该死，他把希望寄托在他妻子的聪明上是多么明智啊！总统的声音充满柔情；他本可以胜利地大叫，但他甚至都不敢松一口气。最后，他们准备迅速地相互回击。幽默将使一切烟消云散。她肯定已经意识到离婚对她来说没有什么好处。人们可以嘲笑罗斯，嘲笑所有失去丈夫宠爱的妇人们，唯一聪明的行为，唯一不让事情恶化的做法，就是等待，就是忍辱负重，就是不惜一切代价保全家庭。

"只能信任家庭。"乔说过。

他又找回了自己花花公子的微笑，但却没有增加他的魅力，他那天使般的微笑来自又一次的善意肯定。因为他很机灵，不信神，但实际上，如果他像堂吉诃德那样向神挑衅，是为了不得不自我启示。他需要证据，一直想要更多的证据。他想要确定别人爱他，上帝降福于他。

"这个家伙喜欢在火中散步，手里还拿着汽油罐。"安全部门的官员说。总统每到下榻的酒店都会叫来许多女孩，甚至还喜欢时常光顾那些他弟弟要对付的黑手党头目的女人，要保证这样一位总统的人身安全不是一件轻松的活计！

是的，有上帝在，它能保障约翰·菲茨杰拉德·肯尼迪的安全。为什么这样？因为他无所不能。

杰克知道这一点，所以他充分利用这一点。如同他知道怎么利用所有他周围的人身上的优点和缺点。他像一只残忍的猫一样要弄他的妻子。为什么他要保护她，而自己却要独自面对世人，像一个走钢丝的杂技演员，只有一个人对抗深渊。

这个危险就是他生命的意义。他需要冒所有的险。

杰克是那种玩家，每天早上为了检验自己的手气都要玩一下。他需要在做决定前确定一下他是否有运气，这些决定会与他不知道名字，也没有见过的人性命相关。所有这些人都在秘密地为美国的强大而工作，为他的安全而工作。

他不缺少顾问。他们搜集了论据、理论，他们为了确定哪些是对的，哪些是错的，在相互争论。然而，当需要做最后的决定时，当需要在海滩和沼泽之间选择抛弃一些朋友的时候，或者需要在世人面前表演一个说谎者的时候，他总是一个人。

而这时，他需要好运。

他有好运。杰基又一次证明了他的运气。她想用提出离婚来任意支配他……但一切都好了。她又重新沉默了。精神上的发泄是必要的，她有把心情调整平和的美德。

突然，他觉得她好美，他有些懊悔了。他是个粗野的人。而她却那么好。

如果人们不在战争中吸取教训，他们在接下来的战争中就会吃亏。

杰克知道什么是冲突，冲突中的任何一个胜利者同时也是受害者。在家庭里也一样。为了能继续生活在一起，需要找到协商的场地。

家庭……对爱尔兰人来说没有什么比家庭更重要了。其余的都可以放弃。杰基的笑声、她的幽默、她的修养、她的智慧、他们的孩子。这就能填满他的生活。

"我很抱歉，我不是有意要让你难受的。所有这些事情都不重要。对我来说，都不值得一提。今天说的话也是，我向你保证。我认识的所有女人里面，只有一位我应该娶回家。就是你。如果需要重来一次的话，我也会毫不犹豫地这么做。家庭，没有什么比家庭更重要了。如果我必须给你说那些让你伤心的事情，那是因为我别无选择。他们会用我的这些小事来烦你。我准备迎接一切挑战。通过你，他们实际上是想损害我的名誉，我作为一个负责任的一家之长的地位。你不知道，你也看不到，但是我们现在处在战场上。不止是对抗苏联。我们的'朋友'不都是温和的。英国的这起丑闻事件就是一个警报。我怀疑他们是不是也参与了这件事。我现在谁也不能相信。自从猪湾事件以后，中央情报局的人对我恨之入骨，而联邦调查局的人不能忍受鲍比。在这个糟糕的国家有谁没有理由恨我们呢？麦克米兰到处树敌。人们指责英国对美国的政策有不好的影响，使我倾向于和平主义，使我对苏联太过软弱。我不知道为什么，在这个混蛋国家，总有人在解释战争是无法避免的。也许我知道为什么。美元，对美元的执著追求。"

"你们都对美元执著地追求……"

"还有的追求比它更危险。"

"你确定吗？"

他抬起眼睛疑惑地看着她。他对他看到的景象很吃惊。她在微笑，但眼睛里噙满了泪水。

"为什么我失去了三个孩子，杰克？"

他突然觉得自己的血液都凝固了。他朝前倾倒，无法支撑自己的目光，再看着她。

他看到她垂下眼帘，用手指捂住前额，把脸藏了起来。当他7月赶到医院时，他也不能直视她。他不能当面给她说他们的孩子夭折了。帕特里克，他才用爱尔兰圣人的名字为他取了名。

于是，他跪在她的床边，抱着她的手哭泣。

因为他一直以为她什么都不知道，她也不可能知道。他生活在这样一种由她制造的幻象里，他认为他那些从为他准备的实验室里挑选出来的妓女和他不能让她足月分娩之间没有任何关系。他也是，他有权在餐桌上占有一席之地，在那些闭上眼睛，捂住耳朵的小猴子中间……

如同她有意忽视他与其他女人约会一样，他也对自己妻子肚子里的孩子接二连三的死亡不闻不问。三个孩子。第一个胎儿，在婚后的几个月的时候夭折了，还很小，几乎看不见，第二个是女孩，出生后就在1956年8月夭折了，当时他还在欧洲，然后就是帕特里克，一个漂亮的男孩子，也最终于8月夭折。只不过三个月前。

他用手肘撑住扶手椅的扶手。现在，他双手合掌撑住头，就像在做祷告的姿势一样。两个食指贴在眼睛的位置，也无法阻止汹涌的眼泪。

如果天上没有上帝，那么他也不会遭到如此残酷的惩罚！

科学家计划把人类运送到月球上去，这样就能很好地保护他们妻子的肚子不被微生物和细菌感染。为什么那些婊子养的医生没有办法医治这种可恶的病症？他，他不知道。当他染病时，打一针青霉素，就全好了。

他不能为"这件事"负责，一种肉眼看不到的病，几乎看不到征兆，只有那些染病的人的配偶在子宫颈上才会有病变。

杰基的所有孩子都是早产儿。不管是活下来的，还是夭折的。几乎都是剖腹产。她不应该再要孩子，虽然和她说的话相反。这会危及她的生命。

他想享受和女人的性爱，剩下的他就不关心了。他有足够的论据，一个成年男子的论据。但是，当他趴在纽约的天主教堂里六十厘米长的白色棺材上时，他很清楚地知道，他的那些论据都没有用。

用来掩饰混乱局面的都是一些无关紧要的小事。事实上，他杀死了自己的儿子，毁了他的妻子。

从此以后，约翰·菲茨杰拉德·肯尼迪觉得自己应该对生命中很重要的孩子的死负责，就像给自己加上了最后的审判。大部分人都会责怪上帝让无辜的孩子离去。而他，他责怪他自己。

他把额头埋在手掌中。他不再看他妻子。在这种情况下，他谁也不看。

因为一个男人，可以喝酒，可以打架和追女孩。一个男人，从来不能哭，尤其是肯尼迪家的男人更不能哭。

他同时都是，更不能哭。

他是美利坚合众国的总统，他在为他的儿子而哭。

第三章

Chuchotements

呢喃

I

"你不能给我说这个，杰基，我求你了。我需要所有的勇气……你不能说这是我的罪过。"

他请求着，苦苦哀求。但她一句话也不说，她知道说谎的时候到了。她的一生都在自欺欺人，都在隐忍；她的一生都生活在面具之下，那为什么现在她做不到了？为什么她不能说几句安慰他的话呢？

她的脸上也流下了热泪，她无法阻止。为什么会泪流满面？她不知道，她没有心理准备，她甚至都没有想过。她本来想把这个孩子的死从她的记忆中抹去的。她以为她做得到。

但她现在知道自从她8月从医院回来，她就像一个提线木偶，被一只手操纵着无形的线。

不，不能再重复原来的噩梦了。

杰克去医院看她。外面阳光明媚，是度假的好天气，是感觉幸福的好天气。但是现在她感觉不到天空中的任何一缕阳光，也闻不到被修剪过的草坪的任何一点香气。她机械地选择了玫瑰红的连衣裙，这种颜色能让她的脸色好看一点，梳了梳头发，把头发用发卡别在耳后。她很吃惊地看到镜子里的自己修饰一新。难道她这个瘦弱的年轻女子，肚子松弛着，仍然很有高贵的魅力？她用专业眼光审视了一遍，最后觉得自己还是很不错的。

这是他低声给她说的。

他有点尴尬地告诉她，他们有十几个人，她要准备好和他们见面，因为他不想从医院的后门出去。美利坚合众国的总统怎么能从暗门出去呢。

于是，也许是第一次他牵着她的手。但是，这一切别人都看不到，因为他们俩走得很近，手臂都被身体挡住了。她微笑了。这种腼腆的、礼貌的微笑，好像给人们的答复就是"我很好，谢谢"，当所有人都问你们是否一切都好，或者正好一切都很糟。

当他们推开医院的大门，照相机的闪光灯在频频闪烁，叫她名字的声音此起彼伏，就好像在戛纳电影节开幕式的红地毯上，摄影师都想捕捉到明星的眼神，在一旁大叫："杰基！杰基！"

然而，她不是一个明星，只不过是一个丧子的女人！一位受惊了而想反抗的女人。就是在这以后，她对他就有了很多想法。

要怎么控诉这些野兽？这比她想象的还要糟糕。这些鬣狗，杀人的鬣狗。

在接下来的八天里，她把他们都忘记了。她忘记了他们的存在，把自己关在白色卧室的寂静里，因为疼痛而蜷起了身子。这种疼痛来自她的下腹部，是她儿子留下的最后的足迹，当她静静观察的时候，有一种烧红了的烙铁的刺痛感让她记忆犹新，这是卡洛琳和小儿子的功劳。

天啊，痛苦不是最糟糕的！最糟糕的是恐惧。对那段痛苦经历的回忆让她又一次掉下泪来。

杰克命令一个医生在雅尼斯港的度假期间对她寸步不离。当人们把杰基抬上担架时，她就是抓住了这个医生的手。她恳求他就像他是上帝一样："我不想失去我的孩子，我不想失去任何一个孩子！"她从来不相信上帝的，现在把上帝当成无所不能的人。

接着，几个小时以后，帕特里克就出世了。她的第三次剖腹产。他体重不到两公斤，但人们都说他运气很好。因为他长得很漂亮，虽然很小，但充满活力。然而，很快医生就宣布他得了早产婴儿都有的呼吸性疾病。约翰-约翰出生时也是这样，很痛苦。需要度过一段困难的时期。帕特里克不能像正常人那样呼吸氧气，于是人们把他带到波士顿的急救医院，那里有护理早产儿的最先进的设备。

这个白色的卧室异常坚固。护士的脚步声偶尔打破宁静。肚子里已经诞生了新生命，手臂里却还是空空的。

在焦虑的等待中，她忘了美国现在也在等着她。自从她丈夫当上总统，她的孩子就是国家的喜事。帕特里克不是在职总统的第一个男孩了？

这种矫揉造作让她很反感。她不是在演一部电影，卡洛琳不是秀兰·邓波儿[1]！他们没有权力对她和她的孩子做什么。他们的生活不是一部小说。她的痛苦也不愿意与任何陌生人分享。

如果她能在摄像机镜头前流下一滴泪，将是个多么大的成功啊！这样做是根本不可能的：她跨过了医院的门槛，脸上还是空洞

---

1 美国电影史上著名的女童星，生于1928年，1930年代出演了40多部电影。成人后，成为一名外交官。

的微笑。一种事不关己的微笑。不太得体。有的人在祝贺她，有的人在指责她，无关紧要。她只有一个念头，离开这里，逃避他们，忘记一切。

在接下来的日子里，只有卡洛琳和约翰-约翰能让她下床来。她对生活没有了兴趣，她不想再画画，也不想看书。她只想要离开，越远越好。

她的姐姐建议她去希腊旅游。杰基想起来记者们对此的报道，美国人和她丈夫的想法就觉得好笑。也许他们对此的想法只是建议她不要出海。

她很渴望阳光，就像一只被阳光吸引的蝴蝶，猜想一线阳光就在紧闭着的门下面。她本能地朝死亡背过身去。她做好准备为此不惜一切代价。她不能再和杀人的人生活在一起了。

杰基闭上眼睛，把头靠到扶手椅的椅背上。她的肚子很沉。自从怀了帕特里克之后，她就没有来过月经了。他已经死了三个月了。这样也许更好。其实她知道自己再也不能生育了，她的身体承受不了。她的心更承受不了。

她看到了他们的坟墓，一个是鲍比埋葬阿拉贝的，另一个是杰克埋葬帕特里克的。为什么她的孩子不能埋在一起？不要把姐姐和弟弟分开。他们都是孤独地躺在那里，一个在雅尼斯港，一个在弗吉尼亚州。

当她有能力的时候，她要把他们都葬到一起。

突然，她感觉到膝盖上有了重量。孩子们的重量？不，是杰克，他俯在她的膝盖上哭泣呢。

他在医院告诉她帕特里克的死讯时也是这么哭的。

他不准医生替他做父亲该做的事情。他赶到医院以后，跪在她的床前，抱着她的手痛哭，好像死者是她。这就取代了言语的解释。

她不禁想到哭是很容易的。她本来也很想崩溃，她也很想大哭一场，怨天尤人，让别人来安慰她。但是她失去了那么多孩子谁又能安慰她呢？

接下来，他又开始说话了。

他结结巴巴地说：

"我确定他被生了下来。就像约翰-约翰。两公斤重，不是很差。约翰-约翰出生时也不过那么重，看看他现在那么壮实那么帅气。"

他在抽泣，哽咽着说。真烦人。她不想听他说话。她要用手遮住眼睛，捂住耳朵……

但是她不可能逃避。他要给她讲，要给她讲他们的儿子怎么夭折的，他要当面把事实告诉她。

"不，杰克，不要……"

她转过头去，好像把耳朵对着文件就可以孤立起他来，但没有任何效果。他不能理解。虽然她极不情愿，但她还是得接着听他说话，他在讲的同时，她仿佛就看到了那些场景。她第一次知道发生了什么，她的儿子怎么死的，在离她很远的地方，全身插满了管子和注射器，周围围满了穿白大褂的。

"为什么不能救活？为什么？"他很气愤，"我和他们在一起待了几个小时。如果我留在那里，如果我不离开，没有人能从我们身边带走他。我当时就这么想的。我们的孩子就躺在暖箱里，身上插着管子，在输液，但如果你能看到，他每一次呼吸都在挣扎着，他想要活下来！"

她觉得有点恶心。让她和她的孩子都安静一下吧！

"不，杰克，"她呢喃着，"不。"

但他没有听到。他需要倾诉，把所有的这些痛苦都卸下来。他除了把这些他肩上的重压转移到她肩上之外，没有别的办法，而她此时已经很疲惫了。他现在只想着帕特里克，只看到帕特里克，说的全是帕特里克。

"我为了行走，为了不要最终在他身边坐轮椅所做的所有努力都没有任何意义，"他接着说，"我想把他所有的痛苦都自己承担，我想替他努力斗争。我，我已经习惯了，而他，他才不过三天大。我给他鼓劲，我跟他说话，我对他说：'加油，我的男孩，再来一次，加油，呼吸，呼吸你的氧气，我的儿子，现在是最困难的时候，你能度过的，像你的哥哥一样。'"

他的抽泣声更大了。仿佛接下来要讲最坏的事情了，仿佛大忏悔的时间到来了。杰基被这个瘫倒在她腿上的男人囚禁了，他的体重让她无法站起来。

"因为我闭上眼睛，一切就都到来了。你是对的，杰基。一切都是我的错。我不值得你道歉。我的头当时很重，我想我如果不小睡一下的话，我的身体就无法再支撑下去。我就睡着了。就这样事情发生了。当他们来把我叫醒的时候，什么都晚了。他们告诉我他已经死了。我不愿意相信。我坚持。当事情没有到那一步，我什么都不会相信。奇迹，每天都会发生。要相信奇迹。我劝说他们继续抢救，于是他们对他那没有生气的身体进行猛烈的电击。我看到我们的孩子又动了。他们按住他的胸膛，他的胸脯在起伏，但是最终他的嘴角流出了一丝血水。结束了，杰基。我当时穿着一件无菌服，戴着手套，我把手臂伸进了暖箱里面，握住了他娇小的手。我一直握着他的手到凌晨4点。我很想告诉你他赢得了生命中的第一次战斗。这是一个很棒的孩子，他战斗不止，直到生命的最后一刻。"

"我不能，杰克，我不能承受这些。"

他还在低声说着，他的手环抱着妻子，他的脸贴到她的肚子上。他快要让她窒息了。

"哦，杰基，听我说，我相信他在那里，在某个地方，在看着我们。现在是他把我们联合到一起的，你知道……人们会被某些超越他们的东西相连接。一个孩子的灵魂，在某个地方，在炼狱[1]中。"

"我不准你再说了，你听着，我不准你再拿他来说事，放开我。"

她趁他不备一把将他推开。她现在离开了扶手椅，让他一个人在那里伤心。他虚弱无力地躺在他的回忆上面。

她双手环抱从卧室的一角走到另一角，自言自语，陷入自己的痛苦中，这是一个任何人都无法帮她穿上的盔甲，一个她从来没有想过要脱掉的盔甲。

"你们，肯尼迪家的人，你们都是利用死人的国王。除此以外，你们为了实现你们的野心什么不能利用？妻子的肚子，你们孩子的尸体……你让我厌恶。"

---

1 天主教教义中指人死后暂时受苦炼净罪过之地。罪过炼净便可进入天堂。

现在轮到他摇摇晃晃地站起身来。就像一个喝醉的人，他朝窗户走去。这是一只小鸟，被关在玻璃盒子里，他在绝望地撞向玻璃。这是一个囚犯，他听到牢门被锁上了。本能的，他要寻找逃出去的路，在黑夜里。

他背对着她，他不看她的动作，也不回答她。他不想回答。不管怎么样，他很好地利用了发生的事情。他知道发票很沉重。他选择付账。她就不能帮帮他？一个罪犯需要赎罪。

"你的成功是不是真的那么重要？"她拧着双手尖叫着，"这就能说明一切吗？你真的以为你能拯救人类？不，所有的这一切都是你未来满足自己的贪欲而说的空话。肯尼迪家族。肯尼迪家族是什么？一群爱尔兰的流氓，自以为是传教士。你们是第一批被自己制造出来的美梦所蛊惑的人。这一套行得通，在这个国家，这里的居民都被口香糖和欺骗的游戏弄得丧失理智。要想蒙骗他们并不困难。只要给他们一些信心，一些感动，任何一个演员都可以做到。你们的问题在于，你们不知道从戏里走出来。你们把你们在夸张的镜子里放大的图像和你们自己本来瘦弱的血肉之躯混为一谈了。你们是说教之王，传授教训，你们把你们中间最虚弱的人，最容易受伤的人放到了收容院，很远的地方，为了没有人能找到。哦，而且，没有人能拍到这个人的照片，不是吗？对他，大家都保护他的隐私。这就是你所有的勇气！远离名单中不好的人。任何一个希腊小孩都比你们更懂得人性，而且……"

"任何一个希腊小孩？"

他转过身来。

他母亲常常说什么事情都会发生。这会儿笑，那会儿哭，这会儿播种，那会儿收割。现在不是流泪的时候了。他又重新恢复到总统的样子，一张面无表情的脸。

"任何一个希腊小孩，"他微笑着说，"尤其是当他住在一堆金子上。几百万美元会不断地自己增值。就是这样，肯尼迪夫人，我没有搞错。这就是你在富商的游艇上学到的希腊哲学吧！你还那么惊奇！这非常的清楚……人们对苏格拉底的哲学都很了解，一条钻石的河流绕在脖子上！"

她很放松，但脸红了。为什么他这么说？好像奥纳西斯和她之间有什么事似的。真滑稽。

然而，他还在微笑。

"去吧，我们都是一类人。在我们周围有那么多坏蛋，我们就不用再讲漂亮话了。你要钱，我要性。你确定有什么教训要给我吗？你觉得自己值多少钱？你要承受这些需要多少钱，生活在一个患病的总统身边，他还不想让别人看出他有病？嗯？给一个数字。就像任何一个得克萨斯的小有权势的人做的那样。你值多少艘油轮？你的希腊仰慕者没有估价吗，他那么熟悉人性和油轮？来吧，把你的价格报出来！"

"你真是不择手段，杰克。我想要的只有清白和和平。"

"哦，这个啊，亲爱的，太迟了。当人们把灵魂卖给魔鬼，他们就再也要不回来了。你不知道吗？不管你离婚与否，你一辈子都是肯尼迪家族的女人。你觉得怎么样？在地球上，没有哪个女人比你更有名。甚至卡拉斯也在你面前消失了。他们从来不会让你安静一会。你让我觉得好笑，杰基。你以为可以什么都不损失就能全身而退？但这都是交换，交易……你想要载入史册，对吧？很好，你已经实现了。既然你那么喜欢希腊，想想古代的女英雄们吧。不管怎么说，你和她们的地位差不多。在你去世几个世纪以后，总会有个悲剧的爱好者会讲起你的故事。你希望他把你当成什么的化身？热情？肯定不是。贪财更像？或者是怯懦……"

"你呢？奢侈或者是谎言？"

"太棒了，很好的回答。你说得对。我们是一对好夫妻，我们两个，永远都是。别担心，他们绝不能把我们分开。"

他又大笑，好像他们说的都无关紧要。

他又一次站到了窗口瞭望的位置，夜空中没有星星。他的身影映在窗外黑黑的背景上。自从整个旅馆的人都睡了，他就成了一个理想的目标。他一点也不担心。他还在无休止地说着。

"如今，我们都没有退路。我们不能从这个巨大的机器里出去。不可能再倒回到从前去，抹掉最近发生的一幕和改变剧本。这是生活和电影的唯一区别。没有人能让我们重新试一次。做了就做了，我们俩已经卷入了一段肮脏的历史，但还可以努力想办法逃脱或者是放慢运动的速度而不是被抓住。你想象你在划船。你不能给我说：'杰克，我搞错了，我不想今天划下激流，我走了。'要拼命划桨，杰基，要敢于冒险。如果我们有运气，划到下游说不定就风平浪静了。我很抱歉把你拉上了这条船。你和我在一起会意识到我一直在犹豫。如果我不想结婚，不只是为了图省事，也不是对婚姻不感兴趣。只是因为丘吉尔的一句话一直在我的脑海里萦绕。我也是，我自认我给我妻子的只有血和眼泪。"

"丘吉尔怎么会这么说？"

"一个战争中的妓女，还能有什么呢！但是，一场战争可以要了我的命。去吧，没有什么大不了。为了打发时间，我可能会会见作家、记者，也许是资深记者。有什么关系！一个快乐的单身汉准备庆祝所有的节日。我这样也许持续几年，也可能几个月。直到大家都安静下来，我只想要一个能看风景的位置，一个侦察员的岗位，嘲笑一切荒唐的事情，而不会把我自己卷进去。但是老头子[1]不会给我选择的机会。可恶，又要重新开始。十年以后，他又将替我挑选老婆！我没有权力碰英戈·阿瓦德。我本来想告诉他，我喜欢她，我一直都喜欢她，但是她不在我的计划之内。我的计划！真是可笑！最后这个叫胡佛的混蛋满意了。实际上，你知道我怎么认识'有名的纳粹间谍'英戈·阿瓦德的吗？"

"我才不关心……"

"她曾被《华盛顿先驱时报》派来采访我。你什么都想不起来了吗？"

噢！当然，这让她想起了很多事情，各种各样的事情。

"您想要在新闻界认真地做一份工作还是您只想在这里待着等待结婚？"这就是她想起来的。杰基回忆起了办公桌，成堆的纸张，还有主编弗兰克·沃得罗普[2]被威士忌和万宝路搞得很沙哑的嗓音。

她抿紧了嘴唇。真是一个疯狂的夜晚！为什么今天晚上命运要安排他们见面？她应该在生命的某些时候回顾过去，特别是那些糟糕的事情？难道不能只喜欢往前看吗？为什么要回忆？

她还听到了自己对沃得罗普的回答："不是这样的，先生，我真的想工作。其实，我想写作。""写作？"她真的想写作！"您

---

1 指乔。

2 《华盛顿先驱时报》的主编。

还需要自己拍照片，如果您不觉得脖子上吊着一台一公斤重的相机走路的时候有些不方便，如果这不会使您的脖子变形……您知道您要担任'调查摄影记者'这个职位？""我知道，先生。"

在一年半以内，杰基过着自己喜欢的自由女人的生活。她把订婚戒指还给了交易所的雇员，他的家庭也在"纽约名人录"之列，她的家庭也是。他除了给她带来一个让人忧虑的将来还有什么呢？即使她妈妈每天问她怎么用每周56美元75美分的薪水买衣服穿！因为不能什么都指望休吉。他已经付出很多了，善良的休吉叔叔，为了能让小布维耶们穿着打扮得很高贵。她们只能向她们失败的父亲要钱。

然后，风度翩翩的参议员出现了。她想要把他从绝望中拯救出来。他让她免于破产。

那么多的美梦，那么多的幻想，还有那么多的谎言。真是糟糕。错误的代价沉沉地压在杰基的肩膀上。她不知不觉地变得很沮丧，没有看到她的眼泪，只有她在流泪，杰克的心也碎了。

他真是太粗暴了，太不公平了。他不爱她是不对的。他不想让她做他的妻子是不对的。为什么他这么说？他在这个被他伤害至深的女人面前觉得很窘迫。

他想让谁相信他经过了那么多女孩，一直很绝望，就没有娶英戈？肯定不会是让他自己相信。

他把她转过来，抱在怀里，不管她愿不愿意，她身体僵硬地对抗着他。

"杰基，我经常都撒谎，我都不知道什么时候会说真话。然而，这一次，我相信我说的是真心话。我以帕特里克的名义向你保证。我爱你，我没有像这样爱过别的女人。我爱你，就好像你就是我的翻版，就是我的妹妹。我很抱歉，如果你在想别的事情，杰基，但是我不知道有什么更好的形式表达爱情。忘掉希腊人吧。我，更像是埃及人。和法老结婚……在同一个家族的家庭成员之间。"

"你弄痛我了。"她边躲开他，边说。

现在她背对着他。但是，他又一次靠近她，用额头贴在她的头发上。

"你想象不到你对我来说意味着什么。你在我妹妹去世五年之后进入我的生活，就像上天在弥补把基克从我身边带走的罪过。和我的哥哥乔在一起，我失去了自己的生活，我过着一种什么都不在乎的生活，于是……继续在演戏。我为自己设计的角色，就是一个脚受伤的人。正因为这样，我非常需要基克。在这样一个冠军之家，罗斯玛丽和我总是两个失败者。我不能沿着她的道路走下去。他们试了各种办法来治疗她，然后，当他们发现没有用时，就把她送到了收容所。在你看来，这能总结出什么教训？要改变才能变得更好。我总在努力让别人认为我变了一个人。我在这件事上的小计谋，只有一个人发现了，她就是基克。我最开始喜欢英戈，因为她是基克的好朋友。"

他还在倾诉衷肠，她什么也不能做。她离开了紧闭着的黑暗的窗户，但窗户却像唯一能求救的地方一样吸引他们。但是他没有停止。

"有人强迫我和英戈断了关系，然后我失去了基克。我从来没有感到如此孤独。我不再有想回家的欲望。我每天晚上都在狂欢。女孩，酒精，我都尝试了。然后，你来了。但是是你，真正的代替者！用你的思想，你的修养，你的敏捷的答辩，你的高贵气质。

你也在为《华盛顿先驱时报》工作，就像基克和英戈。而且你也是我爸爸的同一个朋友引荐的。乔也很不错。基克是他最亲近的人。在所有的女儿中，他只关注她，只和她讨论。基克让人吃惊的是，她有英国式的贵族做派的缺点，我们对此大加嘲笑！而你呢，也是一样，有同样的毛病。你一定要穿白色长裤才肯骑马！和她一样，你选择了男人的阵地。你从来不会关在厨房里讨论怎么做点心或者孩子的教育问题。你会和我们一起待在图书馆里。我们不可能当场抓住你在任何历史题目上所犯的错误。而且，家里的女孩都不会受骗。罗斯首当其冲，随后她们都很讨厌你，因为爸爸很喜欢你。你让他觉得他找回了失去的女儿。对乔来说，他对和基克同年的我的姐妹们都不公平。"

杰克陷入了回忆中，他没有发觉杰基已经扭过身去。她转过身，但却很认真地在听。

"你是家里唯一一个他能忍受你的蛮横无理的人！你是对的：在肯尼迪家，位置不会长时间空着。我这个跛脚的鸭子，披挂上了对我来说太大的战场上陨落的英雄的衣服。而你，你自然就站到了长女的位置上，因为罗斯玛丽已经不能胜任。这样的安排让我和我父亲都很满意。我承认这很难理解。没有必要给你解释。他很爱你，我的老父亲。自从他想在轮椅上结束下半生，你就是唯一一个能让他走几步的人了。很难……"

他没有办法把这句话说完。

杰基闭上了眼睛，眼前出现了这幅画面，听到许多不属于她的话，一些"特别像"肯尼迪家族的人说的话："来啊，乔。一个肯尼迪家的人绝不会认输。相信我，乔，你能走。"筋疲力尽的老人用强壮的手臂支撑着，站起来，跟跟跄跄地朝她走去，就像是一个初学走路的孩子一样对她有着莫大的信任。她还在说"加油，乔！你真棒！"她的喉咙堵上了。他不是一个永远都不能走路的残疾人。他是第一个知道这件事的。哦！这种感到无能为力的痛苦安慰了他，虽然他有几百万美元，虽然他儿子有所有的权力。如果连美国总统的父亲都得不到治疗，人类的强大有什么用呢？

她突然转过身来，好像她被强迫转的。如果他们不再和她是"一家人"呢，她唯一的家？

"哦，杰克，我也爱他，老父亲。我爱你们所有人，你父亲，你的兄弟。还有你，杰克。哦！我真的很幸福，很自豪能做你的妻子。"

她边流着泪，边用嘴吻上了他的唇。

他抱着她闭上了眼睛。

他们俩抱得很紧，在孤独的夜色中。

"你是家庭里的一员，杰基。即使一直没能成功劝说你参加足球赛。你做得很好，实际上。我的姐妹有理由讨厌你。"

他们的眼睛都湿润了，却笑了起来。

他们像两个无忧无虑的小孩，在明亮的窗前相互拥抱，相互慰藉。不再害怕黑暗。不再害怕阴影。

杰基和他一起成为了目标。

他突然建议说：

"我们关上窗帘吧？现在是我们的私生活。"

有一些话能让这个国家都颤抖。它们能让一个女人的记忆力衰退。现在什么都不重要了。刚才还觉得难以忍受的事情现在都无影无踪了。他很痛苦，他痛苦了好一阵，杰基满足了。如果有人说她不坚持不懈的话什么都做不成，她才不在乎呢。他让她感动，他总是让她感动。这就够了。她相信他说的是实话。已经有几个世纪他没有说过他爱她了。这个时候他不会说谎。

这个小爱尔兰人很不错，他把自己的钢盔扔到墙壁的另一边，不得不再去寻找回来。他的勇气令她惊讶。

她也想安慰他，对他的过去，对他的孩子，对他的担忧。她把脸贴到他的衬衣上。她听到了他的心跳，透过衣服感受到了他皮肤的温度，还有他的气息。一种她最喜欢的男士香水的味道，让她不由自主地深深的，慢慢地吸了一口气。她的手在他的脖子上摩挲。他抚摸着她的头发，她享受着这种让她忘掉一切的爱抚。世界就浓缩在了杰克的指间，在杰克的手上，在他贴近她脸蛋的嘴唇上。

不，他们不是兄妹。爱情不是一个孩子们玩的游戏。

她从来没有像现在这么想要他。他们有几个月没有住在一起了？一开始，她觉得很轻松。她厌烦这种草草了事的必需的见面，对她来说没有任何意义，疲倦得没有任何欲望。对，她是尊雕像。这不是她的错，她不需要性。她几乎觉得信教很好，只操心高级女装和她热爱的廉价装饰品。还有比上床时看一本好小说更让人高兴的事吗？

但她的梦境则完全是另外一个。她不由自主地又看到了自己的梦境。它们难以描述。只不过，她明白她没有死。

她需要他的触摸。为什么她是他唯一不触摸的女人？难道被什么诅咒了？她在森林里骑马的时候，那些让人眩晕的幻觉向她袭来。她不能看电影里的某些镜头，不能忍受电影主角的亲吻。有些晚上，她还会被这种欲望弄醒。

这时，她大胆地贴在他身上。与此同时，他离开了一点距离，好像需要确认是不是真的是她，他没有弄错吧，因为他已经认不出她来了。这不是杰基，这个会带着他跳舞的情人……他们彼此无语。他只对她轻声说："来，躺到扶手椅上来。"

他越是这样，她就越兴奋，好像他对别的女人也是这样做的。

她想让全世界都知道：不，她不是一位失宠的妻子。她的丈夫没有对她漠不关心。她不是雕像，没有感动，没有激情的雕像。

最终，他还显得比她更不好意思。他为他妻子的爱欲而感到窘迫，他不明白，出乎他的意料。他不敢问为什么。不管怎么样，这不是坏事。这一次，没有任何人可以指责他。但是，现在确实让他有些不安的是……夫妻之间的爱承载着这么多的不愉快。

同时，他也不是能抑制住不让自己享乐的人。而且，他还要尽情地享乐。最后他的心情是那么不安。他不想就这样度过这一晚。

他抚摸着他的妻子，他通过抚摸来发现她。他已经忘记她那有肌肉的小腹，结实的大腿，他已经忘记她那少女一样的乳房。他以前就是因为这个才不喜欢她的乳房……太小了，太坚挺了。现在，是另一回事了。三十四岁的女人身上还留有少女的痕迹……她很惊讶，头发也散了。她的衬衣打开了，裙子也提起来了。

"把衣服脱了吧。"他低语着。

他已经多久没有见过他妻子的裸体了？难以确定，好像有很久了。他回忆起她来，她的身材，晚上，在被子下面，但是，像现在这样，没有过，很久都没有这样了。

她坐在他身上，紧紧抱着他。他穿着保护脊柱的紧身衣，所以不想脱掉衬衣。但是，这并没有对她有什么妨碍。她一直抱着他，他们都不松开。世界仿佛就缩小在他们俩身上。时间也停止了。然而，时钟在一秒一秒地响着。几点了？她不知道。她已经瘫软在他身上，得到了她从没想过的乐趣。

是的，她是个女人，她活着。

是的，她爱的男人想要她。

他们是天造地设的一双，他们在一起能创造出奇迹。

她想让他整个晚上都抱她在怀里，他们一起睡觉，他们手牵着手。他们身心交融。

他们微笑了，为他们的秘密感到高兴。他往里坐了坐，为了给她让出大扶手椅上更多的位置。他不再头痛，他现在感觉太舒服了，一身轻松。

他们凌乱的衣服并不妨碍他们。她把头靠在他的肩膀上，偷偷地看着他的脸。他直挺挺的漂亮的鼻子，圆润的耳朵，细小的皱纹以他的眼睛为中心分布在周围。

如果一切再来一次呢？

很有趣，他也有同样的想法。

"到达拉斯吧。"她说。

"当然……我们再从头开始，"他吻着她的头发呢喃着，"你看着吧，我的第二次当选是一个样板。我已经打好草稿，现在剩下的就是付诸实施。"

2

魔法开始灵验了。

在奥林匹亚的某个地方，一位在忧郁岸边的神灵正在自娱自乐。在离沃斯堡很远的地方，赫鲁晓夫先生是不是为了夫人而从乡村走出来呢？中国人是不是在跳华尔兹？在古巴，是不是他们的领导马西莫在刮胡子？这都是他想知道的。而杰基·肯尼迪在任何的十八分钟里眼里只有钱。

十八分钟，他知道他的能力所及。

这是给他最喜欢的消遣定的时间。

当他二十岁时，他说要严肃对待他那些不属他控制的事情。他从来没有说过要给它们超过必要的时间。

他现在仍然信奉同样的哲学。从他的情况看，这有点儿玩世不恭。

他最后再看了一眼这个女人，一场风暴过去，她全身赤裸地躺在扶手椅上。他亲吻了一下她的额头。

于是，他仿佛看到以前他父亲对他母亲说再见的场景。那是在星期一早上，当他兴冲冲地又要去占领金山的时候。接下来的星期天，他给他们带来了好莱坞的"格洛里亚阿姨"，他的秘密情妇。

杰克也用自己的方式和杰基告别。做完爱之后还能做什么？

他进了浴室，就像一个习惯于快速结束风流艳史的男人。她听到水从淋浴头里喷出来的声音。她，她没有动。她闭上眼睛。她在听着。她的下腹部有点发麻。当她以为自己睡着了的时候，突然冒出的想法让她又清醒过来。她很吃惊地想起来：她是肯尼迪夫人，刚刚和丈夫做了爱。

他说得对，让过去的事都见鬼去吧，交给守护天使。对，那些天使在看护着他们，和所有那些和他们的道路相交的人。天使保护着他们，守护他们的幸福。因为幸福是可能的，只要他不再那么在意她的衣橱。

她看到自己的衣服像被狂风吹过到处都是，不禁笑了起来。衣服散落在地板上。这可不像她！她总是小心翼翼地把她的衣服都用衣架挂起来，就像她在住校时别人教她的那样。真的，肯尼迪夫人，你现在完全颠倒了！在你的丈夫洗澡的时候，你一个人在旅馆的卧室里笑……

而且，他现在已经从卫生间出来，站在卧室门口，用一条浴巾裹在腰上。他也是很吃惊。他看到她全身裸露地躺在扶手椅上，懒洋洋的，一个人在大笑。一个快乐的女孩。这可不是一个有孩子的母亲应有的态度。

"发生什么事了？"他问道，"有什么不对吗？"

她笑得更厉害了，因为她明白他在想什么。他不理解。刚才发生的事情对他来说不足挂齿，他已经不再想这件事了。她笑是因为发现他对爱情和女人都是那么天真。她同情他到别处去频繁地寻找这种没能给他带来多少乐趣的事情。

是的，总统先生，你刚刚做的事情，以前和除我之外的别的女人做得更多，和那些在你的掌控范围内的漂亮女孩做，但是很不幸，你只得到了空气。是我这个被遗忘的妻子得到了天使们的眷顾。你很值得同情……

男人是不是都像红色的鲑鱼一样，不惜生命代价地一定要把自己的卵产到激流的上游？有什么必要，为了什么迫切的需要？是因为死亡临近了？

相反，她不是全世界的王后，稳稳地坐在王位上，被一些鲜活的回忆震动，却也激活了她的肉体？奇怪的是，做爱会引起想做爱的欲望，然后……不，他现在不是这样想的。娱乐消遣已经结束了。

现在轮到她站起来，推开了总统的洗浴间。他正在用一块毛巾擦拭湿头发。从他的嘴唇到肩膀的曲线，还有手臂上被太阳晒出来的印迹，她一直吻到他的背。紧紧地抱住他。

"我需要你帮我把这个保护脊柱的紧身衣穿上。"

"当然，我亲爱的。"

他斜着眼看了她一眼。她现在已经化身为艺妓了！不应该让她产生什么幻想。她是他的妻子，孩子们的母亲。不只是一个短暂的艳史。不，他确实不喜欢这样。他需要一个同路人，不是一个纯情少女，不是一个疯癫的女人，他在尽兴过后还得忍受她的温柔。

这就是为什么他会毫无顾忌地让她帮他把固定背部的紧身甲箍紧。

这样能让她降降温，让他的真实面目来吸引她！他几乎更喜欢……当她对他提出离婚！

她拉着紧身衣的绳子，就像人们看到在美国西部的牛仔帮妓女这样做。她已经很久没有这样做了。但是，她没有忘记。她把绳子系好了。他说：

"让约翰逊在你的庆典上搞一个骑马散步是多么愚蠢啊……不仅因为我害怕马，而且还可能会损害我的肾。"

"取消吧，你给他们解释一下。"

"你疯了！我提到骑马只是想向他们显示我现在身体很好，他们肮脏的谣言经不住考验。你不希望我现在把我的病历给他们看吧！他们肯定会高兴疯的。"

"我一直不明白为什么你会那么支持这个约翰逊，你其实很难忍受他的……"

"你一直都不明白……"他学着她的女孩腔调说，"告诉你吧，这个蠢蛋没有给我太多的选择。"

她脸红了，有点伤自尊了。他没有注意到。他本来也不想马上给他妻子解释政治！尤其是对这个约翰逊。真不想听到他的名字……

1960年，约翰逊就已经邀请他去了他家的农场。当时，他为杰克组织了一个猎鹿的活动。肯尼迪不喜欢打猎。他觉得这种活动陈旧过时，而且残忍，完全没有意思。真正的坏蛋是不能忍受别人对动物不好的。

然而，约翰·菲茨杰拉德·肯尼迪那天猎到了两头鹿，他是出于礼貌。两头很漂亮的鹿。当然，主人热情地祝贺了他。"谢谢，林顿，"他很严肃地说，"但是我已经清楚地发现了它们蹄子上用绳子做的标记。"这种幽默还没有从北方传到南方来。

杰克笑了起来。

为了取悦一个得克萨斯人不得不扮演了一回牛仔，这就很好笑了。要能使他泄气，就更加美妙了。

她垂下眼帘。现在，她按摩着他的肩膀。她享受着他的热度和温存。杰克的身体在帆布带子、紧身甲、针头、劳累的作用下到处都痛，他总是很喜欢按摩。在按摩过程中，他抓住了她的手，吻了吻。

"你让我很舒服。"他呢喃低语。

她哭了，更加用劲地按摩起来。

现在他已经离不开他的紧身衣了。紧身衣的支架折磨着他的背。但是，他不想听到这么说。一直以来，他就拒绝牺牲现在去成就靠不住的未来。如果杰基不保护他，谁来保护他？这个约翰逊，杰基很厌恶。没有人可以伤害杰克。

也许，她很多事情都不知道，她也不能阻止。如果美国总统在自己家都不能订立规矩，那么被选为全世界最强大的人又有什么用呢？

好像他在猜测她的想法。

"自从你的路易十四之后，事情就有了改变。归根到底也许没有怎么变。法国大革命时期，有一个国王的哥哥对斩首国王投赞成票，对吧？"

"是他的表哥。他也没有得到好报，最后他也被砍头了。"

"是啊，他得到了国王的王位，他垂涎已久的王位！总是这样。在政治上，最亲的人给你的都是最致命的伤害。而且还防不胜防。老头子在我们还在摇篮里时就已经这样教育我们了。他不管罗斯，一直给我们重复说他最喜欢的祷告词：'上帝啊，保护我不被我的朋友和我的敌人所害，我会负责。'最终，现在，已经结束了。我要了结这一切。这就是你需要帮助我做的。鲍比在一边，你在另一边，在黑暗与光明之间，他们将什么都看不到。"

他照了照镜子。

"我好久都没有晒日光浴了。"他评论道。

他迅速地穿上一件浴袍，打开了他到哪里去都随身带着的日照灯。他认定自己有一半的成功都是来自于日照灯照出来的好肤色，给人一种身体很强壮结实的印象，过着很有气派的生活。

在这段时间，她也去淋浴了。瀑布一般的水流冲击着她的肩膀，她微笑了。一种新生活开始了。上天给她的一个新礼物。

她感觉如此轻松，今天晚上。

禁欲是她头顶上的重压，现在把这个盖子取掉了。她自由了。那么自由。她甚至都不想睡觉了。还有什么好事在等着她？直到现在，命运对她还算厚道。为什么害怕将来？不应该害怕。应该像第一天的时候一样相信。

美国的第一夫人，不管怎么说，都不是闹着玩的。

"亚瑟和圭妮夫尔"。不……他太夸张了。她一个人在哗哗的水流下面笑着。也许这个比喻只不过是为了让她高兴。卡默洛……唯一的一座中世纪城堡，名字还是他们取的。不只是因为一场百老汇的音乐剧。以前世界上所有的小男孩都想有一天长大了成为亚瑟王。为什么女孩不行呢？小说中的王后，她是西方最优秀的骑士的代表，把野蛮人都变成了英雄，把野兽都变成了猎狗。

杰基的想象力在飞驰。人们给她牵来一匹走路很有派头的栗色马，她很有钱，她的部队军旗招展。卡默洛的小号吹起来了！她才十五岁。一直沉浸在她的美梦中，她关掉了淋浴喷头，拉开了浴帘。他正站在她的面前，好像在等她出来。

她想说："亲爱的。"

他开口了："他第一次没有成功地得到我的信任，他想从头再来，说不定就能成功。这些得克萨斯人都是些蠢货。"

他们惊奇地对望了一下。就像两个散步的人都沉浸在自己的幻想中，突然在街的转角两个人撞了个满怀。

＊＊＊

不可能弄错，门刚才被敲了三下。

门外的人轻轻地敲，好像怕打扰别人的睡眠，但是却一直不停。

三声响，就像戏剧里演的一样。还有什么事？

他立即想到是灾难降临了。半夜到来的新闻一般都是坏消息。比如，能揭露约翰逊周围的明争暗斗的重要证人消失了，或者得克萨斯有利可图的棉花交易的关键人物去世了。他想起了这个约翰逊的秘书，现在已经坐牢了。他想起了苏联人，古巴人，柏林人，越南人。

他穿上长裤，他的衬衣还放在客厅里，边扣扣子边答道："我就来。"

他把杰基关在了浴室里，她在这段时间内裹上了一条浴巾。她在大镜子前面流连，很高兴看到一张洋溢着幸福的女人的脸。

从浴室的门外传来一阵低语声，她听不清楚。她只辨别出来是一个男人的声音。突然一声很大声的叫喊，很难判断是谁说的，接着就是低语。

"该死的！这个蠢蛋怎么得到消息的？"

然后，大门关上了。

又是一阵沉默。

杰基又微笑了。"他真是无可救药了？"

她擦着头发。擦右边的，又擦左边的，最后擦头顶的。深色的头发在她的脸四周形成了一圈光晕。她看起来脸色更白，眼睛也更亮了。

她用手指尖取了一点带香味的晚霜，轻轻地点在脸上，然后很快乐地在脸上按摩起来，额头，眼睛周围，特别是眼睛周围，她最怕那里出现第一根皱纹。如果人们看到她，也许会觉得岁月待她不薄……她把下巴对着镜子。下巴的轮廓还是那么完美。她的皮肤很紧实，没有一丝皱纹，没有一个松弛的褶皱。这能说明什么？三十四岁是女人的黄金年龄？

她在卷翘的睫毛上又刷上了睫毛膏。现在只缺少一点红色。但是，在睡觉前人们是不会化妆的……而且，化妆有什么用？只化一点淡妆。床上还有一件睡衣在等着她呢。

一件睡衣……今天晚上真热啊。她在腋下撒上香水。她穿这件浴袍太大了，根本不合身。有些粗糙的面料摩擦着她的乳房。她在结实的肚子上面系上腰带。消瘦的身材更显出了她运动员的气度。交叉式的圆翻领，露出颈部，让她气质非凡。

她要继续穿着浴袍，浴袍里面什么都没穿。

她准备好了。

"没事吧，杰克？"她边从浴室里走出来边问道。

没有人回答，他应该没有听见。她很快地扫视了一眼客厅，一个人也没有。她又到两个卧室的门口去看。他也不在。床没有弄乱，翻起的被子，没有任何褶皱。她讨厌睡在皱巴巴的被子里。在扶手椅上做爱真是一个好主意啊！

杰克应该去了他自己的浴室。她敲了敲门，看到他坐在日照灯的前面，戴着太阳镜。

"没事吧，杰克？"她重复道。

他在日照灯前面一动不动，回答的时候没有转身。

"几个小时以后，他们就知道他们可以接触到自己的英雄。刚才有人给我送来了明天早上出版的《达拉斯早报》的头版。大标题就是我们，但是还有一张尼克松的小照片不容忽视。这个傻瓜正在达拉斯开一个解决交通拥堵的会议。以前的副总统现在成了百事可乐的律师。升职了。他没有什么特别的事情要给股东们交代的。我不相信他真的对苏打水的问题感兴趣。相反，让他兴奋异常的应该是这次的大选。他不会失掉任何一个对我要阴谋手段的机会。即使这样对他也没有什么用处。他对得克萨斯人说我会解雇他们亲爱的约翰逊，这个在得克萨斯最有势力的人没有出现在我的1964年组阁的成员名单里。就在我到来前……这个蠢蛋尼克松怎么会知道我要解雇约翰逊？"

"真是一个好主意，亲爱的。"

"对，我向你保证，这个消息还会在达拉斯引起更大的波澜，还有你的套装的颜色！我烦透了！我讨厌不能选择自己的阵地。"

"今天或明天，有什么区别，如果这都是真的？"

他关掉了日照灯，取下眼镜，转身很遗憾地看着她。让她不得不把领子往下扯了扯，因为脖子不舒服。他把下巴从右摇到左。

"清醒点吧，杰基。我不是让你陪我一起出来野餐的。当我们的古巴朋友在猪湾登陆时，他们发现自己面对的是卡斯特罗的全部部队。都是些平民，埋伏在通向山区的路上，他们本来想要去那里开展游击战的……你怎么看这事？这难道是一场滑稽的巧合。那么，这次，就是一样的了。有个蠢货让我想制造惊喜的努力全都白费了，而且把我在不合适的时候推到了前线去。不用问西点军校，就知道这是在给我的生活帮倒忙。

"但是，杰克，一个世纪前我们就不和得克萨斯打仗了。"

"是吗？你知道最近他们杀死了多少人，为了不让那些人和鲍比说话？"

"很多人？"

杰基睁圆了眼睛。她从来都没有很在意那些发生在社会高层的荒诞的仇杀故事。因为她从来都不相信那些事情，她认为那些人应该去读读小说，而不是把时间花在杜撰各种"事件"上。

"你说的是谋杀吗？"

他有点犹豫不决地审视着她。政治不是女人的事情。但是，一位政治家的妻子和别的女人一样吗？她是不是应该加入战争？是不是应该永远都不要让她知道？保护她的天真，她的睡眠，让她虽然什么都不知道，却能做好自己的工作。

是不是应该简单地把一切都告诉她，卸下包袱，对她说"我有话给你说，杰基"，然后直言不讳地和盘托出？

他没有犹豫多久。她知道得越少，他就越不会被打扰。他不想在家里谈公事。越少越好。他想忘记每天纠缠不休的最基本的事情。他不希望自己的妻子从中得到不祥的预感，加重她的担心和忧虑。出于自私，他想让他们之间谈论的都是些生活中的小事。啊！如果激烈的争吵只集中在服装、装饰品和发票之类的就好了！

"你不用为那些人担心，"他劝说道，"他们不是很有意义。他们甚至都不知道巴黎在世界地图上的位置。他们对古董、文学、历史和圣人的历史都一窍不通。那些都是俗人，亲爱的。"

"你不要取笑我，杰克。"

"我，我取笑你？你不知道事实上我有多真诚。没有看过一个得克萨斯人用他粗大的双手点一叠绿色钞票的人就不知道什么叫做粗俗。在这方面，他们可是行家。钱——我知道你能理解我——就像是海洛因：只要我们一碰了它，我们就无法停止了。"

他才不管她脸红了。他继续很快地说着：

"那些清教徒的说教已经让我厌烦透顶！特别是当我想到他们宣称有一种不道德的拉链！有些傻瓜解释这种拉链能让男孩们更快地拔出手枪！你看他们在说什么！如果他们获得了专利证书，他们就有了这个伟大的发明。这简直是持证骗取穷人的钱财。靠色情影片和脱衣舞来挣钱，他们却不允许女孩和男孩们在一个游泳池里游泳，这样就正派了！他们把我拉入泥潭，说我是个放荡的人！"

他不再感到难堪。他和他妻子说话就像在和他的一个同谋说话，就像他只穿着内裤在她面前散步。杰基不知道是应该表现出不高兴，还是应该表现得洋洋得意。而且，她都没有时间提问。

他握着她的手，眼睛直直地看着她。

"杰基，在普罗富莫的报告里提到了一个女人。一个中国人。"

她想赶快消失。

但他把她抓住了。

"我和她一起在竞选俱乐部吃过晚饭。"

杰基结结巴巴地说：

"好像他们有一个很棒的首领。"

他微笑了，把手放到她的唇边。

"谢谢，杰基。"

问题是有一个性情随和的妻子总是不够的。贝克是竞选俱乐部的老板，这个餐厅所有华盛顿的人都经常光顾。他也是约翰逊最亲密的合作者，现在还在幕后，因为人们谴责他在给军队供应瓶装苏打水的过程中谋取暴利。对一个政治人物来说，在公共领域市场飞快地挣钱不是一件正确的事情。

在这一点上，总统同意鲍比的意见。

现在他已经提到了马歇尔的事情，他是去调查经营棉花开发的许可权的交易案的。很显然有约翰逊集团的人在从中渔利。

马歇尔在去见鲍比的前一天"自杀"身亡。至于贝克，他有办法用高价免于起诉。

所有一切都像下巴上的小胡子一样明显……这些，鲍比拒绝听他的。

老外交官的话一直回荡在他们脑海里。"保护我不受我的朋友的侵害……"只不过，乔第一个忽略了这个祷告还应该包括家里的亲人。最终总统能指望谁呢，除了他自己以外？不能指望他妻子，也不能真正指望他弟弟，他父亲也是很难指望。他父亲本来可以帮助他的。

是不是他要到老了以后才会后悔把乔置于游戏之外，而乔由于他的强大权力受了很多罪？不管怎么说，这都是正常的吗？他还没有到乔当时登上权力巅峰的岁数？今天他可以像一个平辈的人一样和乔说话，像兄弟一样。这很荒谬，岁月让他们疏远，而他们无法改变。儿子们都各自独立了。

他大声回忆着。

"我弟弟常给我说，没有其他可能可以要约翰逊的皮。如果我们只是撤销他的副总统职务，他会阻挠我第二次蝉联参议员。我对弟弟说他们不可能做得到，还有待商榷，他却很固执。在对待黑社会，或者共产党人的问题上他也是这样，詹卡纳，卡斯特罗……我敢肯定他甚至在梦里都会见到他们。他想把他们打倒，消灭。我弟弟是一个纯粹的梳着分头的圣乔治。我有时认为他没有好好地遵从我最初的想法：自己变成神甫。谁知道他要是教士会不会很招女孩子喜欢呢？或者他会变成托克马达[1]，一个纯粹的病人。"

"杰克，你怎么可以这样说你弟弟呢。他那么爱你……当他看你的时候，就像在仰望神灵一样。"

"我没有说冒犯他的话，杰基。童子军不会拿这个来开玩笑！对不起，我在说笑。我也爱他。但是我们之间的亲近关系不只是好处。这种关系保护着我，但也把我孤立了。如果老头子给我选择的机会，我才不会选法律这个专业。现在，他想让我帮助弟弟，他是靠小纸条作弊才通过了考试……人们在猜测他的这一点像谁呢。对，鲍比很不错，他有殉道者的派头。他能为美国献身，为我献身。但是，没有人要他献身。"

"我想你弟弟肯定受不了别人对你父亲的评价。他是一个理想主义者，他那么爱老外交官，以致他接受不了这些风言风语。"

"风言风语？你在说风言风语！它们可还不及真相啊。老外交官！"

他大笑起来。

"杰克！"她不满地叫了一声。

他笑得更厉害了。

"你同样不会相信这个表演的！我从来没有给你说过他是怎么争取到美国驻英国大使馆的大使的吗？一个信奉天主教的爱尔兰

---

1 历史上有三位托克马达，Tomás de Torquemada (1420-1498)，西班牙宗教法庭的早期主要领导者；Juan de Torquemada (1388-1468)，西班牙红衣主教和教会史学家，以及Fray Juan de Torquemada (ca. 1562-1624)，西班牙托钵修士，新大陆历史学家。这里不能肯定作者系指哪一位。

傻瓜在英国国王旁边自称代表着美国政府：一个噱头，对吧？但是老头子现在什么也不是了。我还听他说过：'该死的！他们欠我那么多，他们就应该给我这些。'他为罗斯福而受牵连。他想找回他的投资……罗斯福就任命他做了大使……在都柏林！罗斯福当面侮辱了他，而乔并没有对他做什么不好的事情。然而，爸爸并没有放弃：'要么去伦敦，要么哪里也不去。'罗斯福没有笑，回敬他：'把您的长裤再往上提一点，乔，让我看看！对，对，就这样，我想在给您答复之前先确认一下！'爸爸给他看了他的腿肚，而罗斯福对他说：'抱歉，我的老朋友。要想去白金汉宫递交国书，就要穿着法国样式的衣服——您知道的，是丝绸的短裤，底下镶着白边……当一个女孩有您这样的腿在波士顿的大街上溜达时，在我们那个时代，男孩们就会朝她喊："11得到了1公斤糖。"我不想您那瘦得跟公鸡一样的腿为我们的国家抹黑。'罗斯福把美国从社会主义革命和巨大的危机中拯救出来，我没有说他不好。但是他无法轻易摆脱爸爸。乔没有犹豫：'如果我能给你提供英国宫廷允许我穿着男式礼服和条纹长裤出席活动的文件呢？''好啊，那样我就听您的。'总统飞快地回答，紧咬嘴唇止住笑。但罗斯福不是很走运。两个星期以后，乔拿到了国王秘书的一封信。他是怎么弄到的呢？从来没有人知道。一个这样的人不是很值得尊敬吗？"

"杰克，你没尊敬过任何人！乔有作为伟大的外交官的所有才干。"

他挑了挑眉毛，下巴紧绷。再去纠缠这件事没用，他让她继续说。

"都是那些贩酒的事，买选票的事情。芝加哥，詹卡纳。"

芝加哥，詹卡纳……至少她的天真让他确定她从来没有听说过朱迪思的事情，这是他与罪恶之都的黑社会保持的最好的联系方式。

保持沉默。大笑。微笑。发表长篇大论。他也就会这几样。

"鲍比只会和我一样做事，放弃或者想另一件事。后来，据我所知，他没有拒绝为他工作的这二十五年领取一百万美元的酬金！他需要这些钱来养活上天赐给他的这么多儿女！"

杰基的眼神有点变化，有了一块云彩，有了一团水雾。总统没有再往下说。因为专注于他自己的问题，他说错了话，提到了孩子们。

什么时候都不应该提孩子。

他抱住她的肩膀，让她靠在他身上。他吻着她的头发，低声说：

"你是对的，鲍比是个很好的人！我不能离开他。有了他，我们可以证明肯尼迪家族的人是不会被腐化的，他们不怕任何人，不怕黑社会，不怕胡佛先生，不怕共产党人或者得克萨斯人。尤其是不怕得克萨斯人！"

她开始还以为他在开玩笑，她微笑地看着他，但是他根本没有笑。一种看不见的活力释放出来，让他突然站了起来，完全忘记了怀里还抱着妻子。他大步走进卧室，还在扶手椅上踢了一脚。

杰基没有动，也没有说话。她因为爱慕而心软了，身体已经醒来，两眼炯炯有神，她在吃惊地观察着。刚才，他还很安静，但是这样的休息间隔不长时间。杰克对什么都不认真……他现在简直发狂了！

"现在是根除祸患的时候了。在清教徒和我们之间，这件事要追溯到克伦威尔的时代。这些混蛋清教徒还找到办法说我将会受罗马的命令！这帮婊子养的不想从猴子身上下来！"

他是不是疯了？他在责怪英国的傻瓜们，他们偷走了爱尔兰最好的东西！

他越是讲着1649年9月发生的事情，就越激动！当2000名"抵抗分子"被9000名入侵者杀害时，所有德罗赫达的居民都到一个正在熊熊燃烧的教堂里去避难，英国士兵把信天主教的儿童抓去当人质……他讲起了那些血雨腥风的日子，4000天主教徒——男人，妇女，儿童——被砍死，就像屠宰场的牲口一样。她几乎都不敢说："这已经过去三个世纪了，杰克。"

他没有听到。因为时间什么都没有抹去。因为忘记意味着背叛。

这个不忠诚的男人是不是让她害怕了？

他们对他了解些什么，他们认为自己已经看穿他了？他是不是从来没有忘记她——他的妻子，他们的孩子，他们的家？当他很害怕把两亿美国人卷入原子弹的阴云里时，他是否首先想到在这中间他的家人要和他在一起？要死也要和他们一起死？没有比杰克更忠诚的男人了！忠于他的姓氏，忠于他的家庭，忠于他的根基。

她着迷地看着他，他正在深入思考三百年前的一场失败！

这么说来，肯尼迪家族还没有接受十七世纪爱尔兰人的那场惨败！他们成为过去的人质还不够，还想当历史的人质！杰克好像被说服了，他把南北战争当成美国六十年代最主要的问题！他的话听起来就像得克萨斯人一直都想搞分裂，他们有石油，高楼大厦，好像他们用这些就可以报复南部联军！

那些人就像小孩一样无休止地在演同一个角色吗？他们又把自己的步兵师放到战场上，改变战争的结局，联军的命运。他们梦想要抹去这段耻辱的回忆，在他们的苦路上留下了一个个名字作为里程碑：亨利堡、多尼尔逊堡、夏伊洛、葛底斯堡、查塔努加[1]。

他突然听到一声大叫，他转过头来看她。

"查塔努加，是不是在11月的时候？"她突然想起来了。

他一动不动，下巴绷得更紧。过了几秒钟。他们互相对视，然后杰克一字一顿地说：

"查塔努加火车！"

这就是杰克。到头来她又发现了原来的他。在战争结束时，每个男孩都在唱着格伦·米勒的这两句歌词，"查塔努加火车"，小火车把他们带回家的故事。

"还有四天，他们就将庆祝周年纪念了。查塔努加离这里500英里，在西边，1863年11月23日到25日，准确说来有一个世纪了。当他们战败的时候，布拉克斯顿·布拉格元帅的军队溃逃了。他们还继续奋战了两年。以一敌二，有时候还以一敌三。当时，这些南部联军个个威风凛凛！他们一直不愿意交税，把他们的美元交给联邦让他们汗毛倒竖。这激起了他们愚蠢的野心：相信他们有办法打败北方和北方的工厂！这些笨蛋。而且，他们的理由完全站不住脚。甚至那些因为海上封锁而失业的兰开夏子公司的工人们也给林肯上书，支持他，鼓励他赢得反对奴隶主的战争！不交税！只不过就是一些税！即使他们都已经富得流油了！"

"但是他们是民主党人，杰克。"

"民主党人！对不起了！因为罗斯福在他们这里建了一些靠国家订货生存的企业。你说到一个左派分子，他宣称黑人生来就比白人低贱！他们到底永远欠了我们什么？是不是我们赢得了战争？在林肯

---

1 亨利堡、多尼尔逊堡、夏伊洛、葛底斯堡、查塔努加，均系南北战争时期的主要交战战场。葛底斯堡战役是其中最具决定性的一仗，联邦军队于此取得战争主动权。

死后，我们是不是榨取了他们太多的血汗？他们要求赔偿，对吧？好吧，再给沃斯堡的迪南米克斯元帅和他破败的飞机七十亿美元！"

杰基不敢问一个问题。但是，她什么都没听懂。迪南米克斯元帅是谁？在那里做什么？她甚至连那里出产的TFX[1]的名字都不知道。武装部队最高指挥部不想把这批战斗机的订单交给波音公司，而交给得克萨斯州的一家公司，不管总统的意见如何，也不管波音公司早就进入了战斗机的生产领域，因为美国海军部国务秘书弗雷德·科斯是得克萨斯人。他在极力促成签订一项合同，将很多利益都出让给了这家公司，而公司的地址就在他们的旅馆附近。

明天要和他们同乘一辆汽车的达拉斯的政府官员约翰·科纳利在他原来担任美国海军部国务秘书时，也做了同样的事情。美国的军队总是被得克萨斯人掌管着。

她不知道所有被她丈夫的税收压得喘不过气来的大富豪，晚上都在准备他们的杰作。尤其是杭特写的《世界上最富有的男人》。是一本令人作呕的书，在达拉斯街头免费发送。这个诚实的作家竭尽全力去描写肯尼迪可能有的病症，和他所有的情人。

她怎么可能知道杭特在华盛顿拥有一栋别墅和胡佛、约翰逊的别墅相邻，他们还是很好的朋友？这条哈巴狗虽然领导着联邦警察，但领的薪水不过就是高级公务员的标准。他很高兴有人邀请他去皇宫做客，有人抹去他赌马的欠款，有人还让他去墨西哥旅游，那里的男孩子的皮肤都像香料蜜糖面包一样。

至于副总统，有传闻说他得到了一口油井作为礼物。得克萨斯人真重友情。

---

1 TFX是美国歼击机的编码，美国政府1950年代末准备用这种新型飞机取代二战期间的旧机型。

所有这些她都不知道。总统就像保护孩子一样保护着他的妻子。他把那些腐败的丑闻都隐藏起来，不让她知道。只不过，他低估了爱情的力量。或者是他没有说的话改变了他的形象。杰基偷偷地观察他在旅馆的房间里坐立不安，在沉默无语的大师的画作面前，用脚去踢那些家具，好像他终于找到了算账的机会。

"胡佛，他肯定会去拉关系，为了让我把他的任期延长一点。该退休了，这个老同性恋！都六十八岁了，足够了！他已经精力不济。他强迫我，让我给他庆祝担任联邦调查局局长四十年的机会！为什么不是五十年呢！他现在不应该担心。有他的录音机，他就能度过每一个下午。在他在职期间，他搜集了从南到北，从东到西所有人的烦恼。他从1924年就担任联邦调查局的局长！当时我才七岁！我对这个保持沉默，对那个保持沉默！但是珍珠港事件没有被发现！这是一个惊喜！当时他们那些负责领土安全的特工们都到哪里去了？调查葛洛莉娅·斯旺森晚上和谁在一起？让他和他那群特工一起见鬼去吧！"

她从来没有见过他发这么大的火。

她要到达拉斯来，才能发现自己丈夫的全新的一面。她要用几个月的时间才能接受他如此大的改变。因为现在他不止比她大十二岁了，他比她大了一千岁。她没有察觉到他的变化。她最近三年在哪里过的？

她什么都没有看到，什么都不明白。她就像是一匹胆小的马，人们为了让它跳过障碍而给它戴上了眼罩。为了让它能天真地往前走，而对周围的危险一无所知。

不，这么久以来，她一直都没有站在杰克身边。她没有看到他在这些流沙上挣扎。她也没有帮他一把。

3

当她的父亲像一个醉死鬼一样躺在同一个地方，在一张很大的中国地毯上，当他辱骂意大利人、爱尔兰人和犹太傻瓜，他怪他们都偷了他的钱，当他昏睡在地，打呼噜的时候，杰基总觉得这都是她母亲珍妮特的错。

她，她确定自己能做得比她母亲好。

如果不幸的生活让黑杰克自暴自弃，颓废消沉，损害了他的家庭，他的女儿们的生活，是因为这个冷冰冰的贪得无厌的女人，她总是让他一败涂地。

两个女人，一个抓住他的肩膀，一个抬他的腿，她们把醉鬼搬到床上去，为了第二天早上用人们来了不会看到他那么恶心的姿势，也为了她们的小妹妹李不会看到他吐得满身都是的样子。

从此以后，杰基就开始相信，所有没有说的东西都不存在。

于是，杰基出于对父亲的爱，清扫了那些呕吐物，尽量不呼吸以免感觉到臭味，尽量不去看以免下判断，尽量不去想以免留下回忆。因为所有没有说过的事情都是不存在的。

在搬运醉鬼的时候，她的母亲还在不停地低声抱怨。她说她要离开他，她要把"她的"孩子们都带走，她从此再也不见他。杰基听到这样的话都很惊恐，因为她只爱她的父亲，他是如此的善良，对她如此的好，他总是叫她"我的小公主"，或者"我杰克家的小宝贝"。

所有一切都是她母亲的错。她的母亲是一个不称职的妻子，她不知道怎么爱，也不爱任何人，特别是她的丈夫，还有她的女儿。她母亲只喜欢她养的马，和她的狗，还有她的裙子。

而她，出于对父亲的爱，想要医治黑杰克，她想让他待在家里，平息他的伤痛。她确信自己能够在黑杰克周围建筑一道爱的堡垒，抵御魔鬼的侵袭。爱不是比死更有力量吗？

她那么确信，在嫁给杰克·肯尼迪之后，她还想证明这一点。

于是，她那么确信地要向人们展示她会做得比她母亲好。对，好很多。

在成为美国总统的妻子之后，她想要永久地让珍妮特闭嘴。

被污辱的时代已经过去了，被蔑视的时期已经结束了。很好的结束。再没有任何一件衣服上的标签能让她害怕了。她甚至连标签都不看。她成为世界上最高贵的女人，她母亲曾觉得她暴躁易怒、呆头呆脑。

这些有关衣橱的小小的得意只不过是很薄的一剂敷药。但是，杰基的家庭很幸福，这就让她彻底地战胜了她母亲。她向母亲证明了她能把一个征服者变成模范丈夫，就像把青蛙变成王子那样……只要给他建立一个温暖舒适的城堡，他就不会想要跑到别处去了。他就成了她的骑士，就像中世纪的骑士故事，就像在法国那个时代的王后主管文化、艺术和政治。

卡默洛，对，卡默洛是亚瑟王的宫廷。那正是她想要的。她现在明白了。

要成功，只要自己变得完美就够了。

是的，只不过，她失败了。

她突然意识到她完全弄错了。她的发现让她满脸通红：她不过是她母亲的翻版。

她热衷于裙子、马匹、美元。比母亲更糟糕。珍妮特有钱之后就满足了。但是，她不，谁能保证她的幸福？

她的眼睛里噙满泪水。她自愿陷入圈套。因为她想和珍妮特相反，没有想到命运却和珍妮特一样。

命中注定的神经病。

为什么是"命中注定的"？现在什么都没有失去，杰克就在那里，离她很近。而且，杰克需要她。他需要她来保护他。现在不是袖手旁观的时候。对他横加指责是无法将他变好的。

这一圣洁的牺牲者的角色，将自己贡献在家庭和大庭广众之下的祭台上，并不是属于她的角色。事实上，她还很厌恶这种角色。这是一个不光彩的角色，会激起不满的眼光，引起那些保护总统安全的人员的不安，那些优秀的英雄们，把自己的生命都奉献给了一项事业，他们对他的那份崇敬有时会让她觉得欣慰！不，不用走太远就能找到她的朗斯洛。她不用逃到一个希腊小岛上去。有几个会调情的人能给她消遣。但是杰克·肯尼迪身边有会调情的人吗？

对她的不幸很同情，并接受了别人同情的施舍，这也就证明了她母亲以前说的她不会成功的预言。

杰基应该补偿失去的时光。所有那些逃避他的时光，那些不和他在一起的时光，当他只需要她的爱，她却在独自品尝辛酸的苦涩滋味的时光。

不要在对自己的反省中迷失了自我。她把一切都隐藏在了无可挑剔的表层底下，就像一个骗子把骗人的鬼主意都隐藏在了微笑下面。

拥有一个姣好的容貌是感觉自己是乡下人的小市民必须做的。

要下到地狱去，感受那些污浊的气味，忍受暴力、残忍和真相。所有一切都比生活在事物的表面上要强，就像一只苍蝇附着在电视机的屏幕上。现在是到镜子的另一面去的时候了，去接受她应该继承的东西。歇斯底里的母亲，破坏一切的父亲。她就是成长于这样的环境，越是否认，就越是不可抗拒。任何事物都不可能建立在谎言上。闭上眼睛根本不能帮助你找到道路。最重要的就是不要迷失自我。

因为她除了他之外，再没有别的东西了。甚至她的孩子都姓肯尼迪。这难道不是她一直以来追求的吗？她除了对他的爱，一无所有。

现在都结束了。

她相信她什么都不怕了。她不再害怕她一直孜孜不倦追求的财宝都化为灰烬，就像灰姑娘的童话里，恶毒的姐姐们脖子上戴的珍珠项链都化成了灰。

杰克，她的最爱。

她累了吗？她颤抖了一下。她回想起来一个词语，这个词语是在信教的人中间传播的，当新手刚入门的时候。一个不属于肯尼迪家族语言的词语："放弃"，它是得到所有自由的秘密。这种自由对"总统先生"来说尤其珍贵。

如果杰克放弃了呢？

一时间，她的这个想法出现在脑海里。杰克就会在他们弗吉尼亚的房子附近打高尔夫。杰克就可以坐在她的身旁看书，在壁炉的一角。

真是荒谬。不要因为爱他就想让他远离权力。放弃和政治相反，是一种杰克唯一不能享受到的自由。

她忘记了那些女孩，忘记了他的背叛。她重新找到了幻想。人能不生活在幻想中吗？稍微停了一会，她道起歉来。

而且，她的声音很小。

"我很抱歉。"

"你说什么？"

她的声音简直小得听不见。

"没有什么，亲爱的。"

今天晚上，她想和他一起睡觉。即使在一间恶俗的绿色卧室里有另外一张床是专为她准备的。艺术家的大作不足以填补她的美梦。别人给了她世界上最美的东西。她只需要她喜欢的男人的爱。在可的松的作用下显现出来的短暂而脆弱的魅力是致命的。生命，有什么比生命更美的吗？所有那些画作都是死的。杰克是活的。她不想一个人睡，今天晚上。她想紧紧地抱着他，用她的皮肤温暖他，像给他加上的一个盾牌。她感到如此孤独，她觉得他是那么孤独。

他正坐在长沙发上，这个沙发把这套简陋的房间衬托得像一个得克萨斯的宫殿。

他在凝望远方，看不见的地平线。

她也坐到长沙发上，在他的旁边，但不敢靠在他身上。她还是裹着浴袍，坐在沙发的一个角上，在扶手和文件之间，腿乖乖地叠在一起为了不占多大的空间。

她想要帮助他，就像她以前做的那样。当时她经常跑图书馆为了给他的报告查资料。她不希望那个时候就是他们最幸福的时候……当可怕的手术让他躺在床上不能下地，当只有讽刺才能使他免于羞辱、痛苦和绝望的时候。

于是，他们在一起聊天，聊了几个小时，聊过去和未来，聊历史和政治。通过《当仁不让》这本汇集了所有美国伟人的肖像的书，杰克想要表现出他对未来的信心，他绝不会放弃，即使他被惩罚不能再走路，也许更糟的情况下，他建立起了他自己的政治观点。

继续加入竞争，这个漂亮的字眼给那些不能再往前走，甚至不一定保得住在国会的位子的人。

1956年，他凭借这本书夺得了普利策奖。他应该嘉奖自己的这个唯一的天赋，还是应该感谢他父亲的周旋和应酬？没有人知道。杰克成了一个畅销书作家。杰基只需要收集一些美好的私密时刻，任何人都不可能听到的无休止的谈话。其他人喜欢谈情说爱。而他们，他们探讨丘吉尔、戴高乐、李将军、格兰特将军。嫁给一个伟大的人真的很令人激动！她需要操心一些重要的事情，而他以前的情妇就只知道关心下一个假期他们会去哪里度过！她又多么喜欢分享他的这些雄心壮志啊！

显然，现在她明白了所有的这些美丽的话语后面都隐藏着冰冷的灰色的水流，以及人们用手指一挤压就会破碎的泡沫。

现在她成了一个对一切都无所谓的残忍的人，她能在战场上大声读诗，欣赏着落日的余晖而不关心脚下躺着的尸体和垂死的人。

她什么都不懂。

她看着他，为他而颤抖。

他把资料往里面推了推，坐进去了一点，闭上了眼睛，为了集中精力回想他所走过的道路，独自一个人。她把一只手放在他的额头上，他握住这只手，吻了吻她的手心。

"在所有说过要为我服务的人里面，到底有几个人是真的想这样做？我身边都是阴谋家，都想给我耍手段。老头子说得对，只能相信自己家的人。"

他的心跳加速了，他不能自已。他刚才才给她说了，她是他最珍惜的人里面的一个。但是，现在他又在想别的事了。当人们只是一个"小士兵"时，总是有这个问题。别人把你忘记了。他关注的只有起义的人，那些他希望能投降的人，那些他要谨慎对待的人，那些他要讨好的人。有什么要紧呢，至少他就在这里。

但是，他真的在这里吗，在她身边吗？她感觉这个夜晚将会永远铭刻在她的记忆里。在杰克的记忆里，今晚就只是个幕间休息。他一个人能回忆得起吗？对他来说，重要的事情是别的事情，而那些事情她一无所知。

她想要安慰他，用她温柔的手赶走那些幻景。

没有任何作用。

"军队，在这场游戏中，是最强大的，"他还在低声说着，"他们看你都从帽檐儿下面看，你就会把他们当成傻瓜。他们向你肯定别的国家都比我们强大，于是你就在增加的军费预算书上签字。而当他们拥有武器之后，就再也不能阻止他们了。总会有一个人告诉你现在是非常时期，你得为他们服务。一个炸弹，技术落后得非常快！而且，一个军事强国每十年或者十五年就要打一次战争，如果这个国家想要有充分准备的话。不管这个战争发生在墨西哥湾还是孟加拉湾！啊，这些专家！看看中央情报局的。当我想要刺杀卡斯特罗时，我感觉自己好像在演出马克斯兄弟的电影：脑袋炸开了，潜水服毁坏了，刮胡泡沫中混入了除锈剂。但是，真的是这样，有些拿薪水的家伙想让菲德尔[1]有一天不长胡子了，他的人民就会起来造反！这不是

1　是卡斯特罗的名。

一个玩笑。我母亲只生了九个孩子，要想覆盖全世界还不够！老乔还想建立一个后宫，这样大家可以相互支持。"

"或者让你们互相残杀。"

"要是这样，就不需要有兄弟姐妹了。因为，在你看来，我们有那么多武器能干什么呢？把它们都扔了吗？你知道最近的十八年来，最受欢迎的是什么吗？比游泳池和洗碗机还受欢迎。是防原子弹的掩体！人们在学校里训练孩子们一听到警报时就赶紧躲到课桌底下。在他们的课桌底下……你觉得这能保护吗！这只能增加恐惧。但是，特别不能涉及放松和和平的话题。因为首先就没有这样！这些先生们发现这样很无礼，不负责任，这显然是没胆量的证明。唯一的大国之间的关系缓和的前景给了他们机会。他们已经把我拉上了去猪湾的船，然后一切继续。那些搜集信息的官员无法除去他们内部潜伏的间谍头子，我却不得不让他们决定美国的对外政策！真应该在他们的屁股上踢几脚。他们和他们的得克萨斯小伙伴相勾结，把我当成了傻瓜！"

"但是，他们没有杀人，杰克。这不可能……"

他突然停住，目瞪口呆地看着她，好像她把他从半夜惊醒过来。

"你应该经常去电影院，杰基。不是去看特吕弗或者戈达尔的电影。你的法国电影很可爱，很有魅力。但那是给女人看的！不，让我当一名西部的神甫吧。你最终可能会明白在得克萨斯只有一种文化，左轮手枪的文化！你知道他们那伟大的理论：当白种人从科罗拉多州下来的时候，他在身后只留下了漫天的尘土和遍地的尸体。"

他说得有点夸张，对他们满不在乎。人们总是这样谈论真实的事情，不想表现出他们对此深信不疑。

这些人都疯了吗？她丈夫是不是吃了太多的苯丙胺？或者这场暴风雨还没有到来？因为他们现在在二十世纪的美国！世界上最民主的国家。有很多报纸，有很多相机。不可能让人就这么消失了。哦！如果我们只对暴力和仇恨感兴趣，那生活该是多么的烦恼啊？

他们什么时候到弗吉尼亚州和孩子们一起过周末？一个月以后，一年以后？一个欢乐的周末，一个读书的周末，一个什么都不做的周末。对世界上发生的任何事都不要去管。

他们不需要卡默洛，也不需要亚瑟王。只要想想那些用木鞋在地上演奏出的音乐……他刚才想说什么？他们只能在这群野蛮人中希望能找到一小撮文明的人？

"但是，杰克，你真的觉得他们是……"

她好像在找一个词，她一时没有想起来。

"一群'野蛮人'，亲爱的。准确地说就是这样。"

她看着他，就像看到特洛伊的赫克托耳[1]，一个满身是血从战场上回来的战士，灵魂在燃烧，嘴唇上沾着白沫。杰克，一个人对抗一支贪得无厌的军队。国王遭遇不幸。他成为了所有他的人马背叛的目标。

突然，她好像隐约感觉到了一个事实。

"你有太多的敌人了，杰克！"

一刹那间，他的脸又面无表情，然后出现了他那恶习不改的，充满诱惑的微笑。

---

1 赫克托耳，希腊神话中特洛伊的王子，被阿喀琉斯杀死。

"我也有很多支持者。"他很认真地说道。

"哪一些？"

他好像在挖空心思，然后他掰着手指数起来：

"约翰-约翰，卡洛琳，罗斯，乔，我的两个弟弟，我的四个姐妹。还有你？"

在她惊愕的表情面前，他开始大笑。

"你会觉得我有点像亚伯拉罕·林肯，虽然我没有那撮下巴上的小胡子。1860年被选为总统，1864年再次当选……一个很执著的人。当然，他在再次当选的同一年就被南军中的一个人杀死，因为他不能忍受白人和黑人平等的观点。"

他做了这种比较之后又是一阵冷笑。

"马丁·路德·金[1]，他抢占了一个很好的表达法，他说的'我有一个梦想'。这是一句为我而说的话。一句很伟大的宣告。在至少一个世纪里，为什么这句话听来一直都那么令人振奋。还好，在得克萨斯还有一些黑人。"

"但是，杰克，黑人没有选举权！"

"哦，肯尼迪夫人。你从谁那里学的政治？"

他愉快地看着她，温柔地把她的肩膀搂在怀里。他低声地给她讲着，就像在跟卡洛琳讲故事。

"这就是为什么我们要保证他们享有'公民权'。要让黑人享有选举权，甚至是这里的黑人，得克萨斯州的，亚拉巴马州的和密西西比州的。在北方，我让黑人享有了全部的公民权利。当南方也

---

1 马丁·路德·金（1929—1968），著名美国民权运动领袖，1964年获得诺贝尔和平奖，1968年遇刺。金1963年组织了争取黑人工作机会和自由权的华盛顿游行，正是在这次集会上，他发表了"我有一个梦想"的演说。1964年，国会通过《民权法案》，种族隔离和歧视被确立为非法。

施行这一政策的时候，就可以看到我觉得会有几个白人反对我是不是有道理了，不过这些白人不管干什么一直都讨厌我。我现在用不着得克萨斯州了。我有整个密苏里州，自从我允许他们把自己剩余的麦子卖给麦子产量不能自给自足的苏联大佬。"

"你知道的，他们什么事都干得出来。为了反对隔离，他们焚烧房屋，放狗去咬儿童。他们从来不会屈服于任何人，特别是北方人。都是些狂热的疯子。他们只向约翰逊请教。只有他能征服他们。"

他很愤怒地喘气。

"求你了，请你不要。不要给我讲这么严肃的事情。你跳过了很多情节。"

当然……她没有骗他。他的喉咙一阵发紧。他觉得她好可怜，他想抚摸她的脸。为什么他们俩总是要这样相互安慰呢？

"约翰逊没有疯，"他最终同意放过他，"他在家里，在他的王国。他不想转身背对着选民。他所做的就是，在他确定我的所有朋友都不在身边时，鼓励我去他的家。'我们把手枪的枪管对准他们，手枪永远不会失去目标：总统。'"

他在模仿得克萨斯口音，这种口音经常被波士顿人取笑。

"但是不是你，爱尔兰的天主教徒，能说服他们接受种族平等！"她突然插话。

"好好听我说，杰基。我很想让他们在我有生之年的早上，中午，晚上都歌唱美国南部各州的联盟。没有人能让我在犯罪面前闭上眼睛。这种可耻的影响会波及整个美国。你知道苏联小学生知道的有关于我们国家的是什么吗？种族隔离政策。他们在课堂上读的是《汤姆叔叔的小屋》。这就是他们所知道的美国的民主制度。他们不知道在自己家门口就有几百万人被关进劳动收容所。他们为两个被一根绳子屈辱地拴在一辆汽车的减震器上的男孩的命运而伤心哭泣，这辆汽车停在美国南部一条尘土飞扬的公路上。而且，书上，还有几幅照片以供评价。苏联人还想当这些黑人小孩的保护人，就像我们想保护非洲人一样！在全世界，这些德国牧羊人殴打穿短袖衬衫的人的照片再次使纳粹的噩梦复苏。而且还更厉害！在这种情形下，怎么对人进行正义的教育呢？你能想象得出一个对准了黑人和平游行的摄像机造成的灾难吗？我不想说我们在非洲的处境，这是一个仍然被古老的殖民主义列强掌控着的大陆，我们长期以来就想把那些殖民主义势力赶出非洲去。从地球的这边到另一边，我们在宣扬自由，难道我们会接受在我们国家存在二等公民？一些奴隶除非是进坟墓，否则不能离开种植园？要是胡佛让他的那帮家伙滚蛋就好了。我们不能给共产党人揭发我们虐待个别公民的这个荣幸！没有一个联邦调查局的特工会保护一个被殴打的黑人。他们自称知道所有事情，比任何人都知道得多，比任何人都知道得早，他们的时间都用在监视我们身上，怎么可能想到什么时候一个和平的游行会演变成冲突？法律和正义都站在我们这边。然而，我却不能把这份该死的公民权利的法律提交投票！总有一个理由可以推迟投票，总有人会给我解释，南方的那些州将不会原谅我们。还认为三K党[1]会在国会前面烧十字架！1865年，我们赢得了该死的战争，不是吗？我知道你对南军了解很少……"

1　三K党，美国秘密组织，1866年成立，竭力排外，尤其仇视黑人。

"哦，杰克！"

"种植园的魅力，骑马赛跑……我，我一直喜欢寒冷的风和足球。"

"但是，杰克，这没有什么关系。"

"不，这有关系。"

她扑到他的怀里。

现在，她知道把自己当成斯佳丽[1]是很难忍受的。不幸会降临在那些热情而大胆，独立而团结的女孩们身上，她们太有梦想了。在她们的雄心壮志下面隐藏着不可救药的浪漫。哦，醒来看到一座空无一人的宫殿，在一个大雾弥漫的夜晚，这是个悲剧！

他怎么可能明白这些呢？没有一个男人理解斯佳丽。

谢天谢地，他们俩一起踏上去达拉斯的路。杰克吻了吻她的头发。命运很少重新洗牌。但是，没有人有杰基·肯尼迪那么好运。而这一次，她也不会让她的好运溜走。她要做她该做的事。任何一个女孩都没有她那么靠近杰克，不管她们说什么，梦想什么。她们都会嫉妒得要崩溃。她们在美丽的爱情故事里就像一些寄生虫，如同被玫瑰的甜香吸引而来的蚜虫。

她紧紧地抱住他。

"杰基？"

他稍微推开她，仔细地看她。他的眼睛睁得很大，好像有了什么重大的发现。

"我不去达拉斯了。"

"你开玩笑吧？"

---

1 玛格丽特·米切尔的小说《飘》的女主人公。

"相反我从来没有这么认真过。因为唯一取得胜利的方式就是不要出现。你明白吗？我真是很笨！显然是这样。一下子我就有了行动的自由和言论的自由。我不用调遣任何人，所有的障碍都迎刃而解。他们以为已经把我牢牢掌握了。"

"求你了！"

"他们以为控制了我，他们就不会再给我施压。我强迫他们就公民权的法案投票，在情况变坏之前，我把我们的军事顾问都派到越南去……就不会有人来给我说反对南方和它的院外压力集团的选举失败了。我对他们厌烦得要死！"

"真不错，杰克。"

"一年，你明白的。一年内我要做我认为对我们国家有好处的事情。一年的工作，思考，周围都是美国最优秀的大脑，不会有傻瓜想要强加给我一些必须做的事情！一年之内不再搞'政治'！怎么我以前没有想到呢？"

"真是个绝妙的主意。但同样需要一个理由。"

"好吧，比如，我们说你生病了。"

"我？为什么不……"

她能想象出卡洛琳和约翰-约翰的喜悦心情。她看到全家一起去发现世界。巴黎、泰姬陵。他笑了。

"我也是什么都没有见过。在所有我经过的国家首都，我只看到一些钢盔，贝雷帽，灰色的，蓝色的，卡其色的。对了，这就是我退休后要做的事情：出一本各种军装的画册。然后，你们给我一些建议，卡西尼和你……"

他们都笑了起来，好像他们已经自由了。

"你以后要做什么？"她问道。

"这以后？在365天之后？超过两个月的离职？你真的相信这会发生，在以后？"

"你读书，打高尔夫？我们在哪里生活？在弗吉尼亚州吗？"

"为什么不……"

"但是你讨厌弗吉尼亚州。"

"我可以学着喜欢。"

她吻了他的脖子，低声说："太棒了，兔宝宝……"兔宝宝。好像她丈夫在星期天的礼拜过后和州长握手并不高兴！她看到了，她当时去村里的小卖部买报纸。整个生活都死气沉沉。

"你认为要解决所有这些问题只需要把一个法案提交投票？"

他脸上的微笑没有了，吃惊地望着她。

"你将在电视里看到其他人，"她继续说，"犯一些你没有犯的错。"

"没有人是不可替代的。"他小声说。

"但是在导弹危机中……如果没有你和鲍比的努力，将会发生什么？难道你会把位子让给那些都不在乎死伤的人吗？难道你会在激流中突然下船吗？需要奋力往前……"

他闭上眼睛。好像睡着了，但是他在哼一首歌，一首不知名的小曲，他在睡觉前都会哼的："让对这个特别的地方的记忆永存心间，对于卡默洛这个名字来说的辉煌的时刻。"

"我们并没有走远，但是我们度过了一个愉快的假期。嗯，第一夫人？我没有说错吧？"

她感觉到她握住了他的手。是真的，他的手很柔和，温暖。她很想对他说，她爱他，这有什么用呢？是不是自从他们结婚以后，她就再没有对他说过她爱他了？

　　坐在他的身边，什么都不做，一声不吭，这样还不够吗？沉默不是也很能说明问题的吗？沉默不会撒谎。

　　"我真是太笨了！我知道我要做什么。"

　　"什么，亲爱的？"

　　"我要利用尼克松泄露的情况。我要向他们宣布这件事，就像一个世纪性的新闻。我会给他们说他们的英雄现在留在了民主党内，为了保存所有的机会。急需他离开政府，如果他还想回到首领的岗位上的话。"

　　她禁不住笑了起来。

　　"但是没有人会相信你。"

　　"你曾经遇到过不相信我的人吗？"

　　她又微笑了。

　　当然。

　　没有人会怀疑杰克·肯尼迪说的话。她更是不会。也许他还在继续说谎呢？有什么关系，因为他自己都不知道。

　　如果天上有上帝，只有他知道真假。

　　知足常乐。对她的人生道路上出现如此魅力迷人的人心存感激。如果需要，就要为他牺牲。

　　她再次紧紧地抱住他。他的温度，他的香水味不是假的。以前，她曾经把他的香水滴了几滴到一块手绢上，每天睡觉都把这块手绢放到枕头旁。

　　"吴庭艳兄弟也相信我，但是现在他们都死了。"

噢！他这个玩世不恭的人！谁能纠正他？吴庭艳兄弟，以前统治着越南。她有一次在雅尼斯港她的公婆家吃饭时见过。

这些越南人的动作行为完全就像波士顿的大学生。

他们死于三个星期以前，被政变的军队打死的。没有人为他们哭泣。所有人都在电视里看到这一幕，和尚们被杀死于西贡的街头，因为吴庭艳兄弟占领了他们的寺庙，剥夺了他们的特权和他们的自由。

吴庭艳兄弟成功地导致了美国耗资上百万美元的政策彻底失败。这是一个很像马歇尔计划的政策，想要把越南带到自由的世界去。美国在离战场很远的地方兴建了一些村庄，里面有小学和医院。他们想要显示民主政体相对于共产主义专制的优越性，而美国的越南同盟者们却只想侵吞这笔援助款，中饱私囊，建立自己的君主专制国家。

"我一直没搞懂你怎么能去支持他们，他们也不明白。"杰基说。

"对，这些人都很滑稽。都是天主教徒。两兄弟却干出了很多的恐怖事件。人们对他们非常恐惧。他们像打兔子一样地对待越南人民。"

她对越南的政变不感兴趣！这跟他们无关。难道因为她反对他？在他说这些话的时候，她打了个寒战。他眯了一下眼睛，只有一个处于爱恋中的女人才会注意到他自己都没有留心的细节。

他也不会觉得这一切是他的责任！

她弄错了吗？他的眼角有一滴眼泪。

"杰基，我想我都错了。"

4

"不能再让安全人员像在加拉加斯那样爬到林肯轿车车门外的踏脚板上了。你说得有道理，我们并没有与得克萨斯打仗。答应我你不要戴太阳镜了！人们想要看到你的眼神。你就站在我的身边。需要和他们握手。他们需要这种接触。最终，你知道这一切该怎么做，亲一亲孩子，接过鲜花，面带微笑。有人会帮你，不要担心。他们将会很激动，就像在西纳特拉[1]的演唱会上那样，但是我是一步也不会离开你的。我一直和你在一起。明天早上，你给所有给我们今晚住的房间提供画作的博物馆打个电话。热情地谢谢他们，我甚至还准许你这么说：'总统很喜欢这些他梦寐以求的画作！您知道吗，这些画都是他所喜欢的那个绘画的年代的珍品？'有时候，要把斧头埋得越深越好。"

他们俩大笑起来，就像两个同谋站在他们的作战计划面前。谁能阻挡他们呢？

"你应该成为全场最美的女人！我相信你。要把外套上的品

---

1 西纳特拉（1915—1998），意大利移民的后裔。1933年参加一次业余歌唱比赛后，遂从事歌唱事业。他首次演出的影片是1943年的《再高一些》。1945年为雷电华公司主演有关反种族歧视的短片《我住的房子》，获奥斯卡特别奖。1953年以影片《乱世忠魂》获第26届奥斯卡男配角金像奖。1955年主演《金臂人》一片获奥斯卡最佳男主角金像奖提名。

牌标签摘下来。任何人都不能在椅子上或者衣帽寄存间里看到它。我们会成功的。我们会把所有事情都做好。他们现在还什么都不知道。他们还不知道我们能做些什么，对大家做些什么。我一开始的时候缺乏经验。但是，现在都结束了，很完美的结束。我们会成功的。我会成功的。如果我们进行顺利，如果我们没有出错，如果我们考虑周全，我们能使世界变得更好！爸爸将会很自豪。他比我们想象中还要明白，可怜的老头子。不久以后，鲍比就会接班。现在他懂的和我一样多。他不再是个小孩子了。以后呢，我们走着瞧，但是我敢打赌肯尼迪家族还会为美国服务很长时间的。"

他站起身来，迈着坚定的步伐走了几步。就像一个元帅在总参谋长的面前。她看他这样又笑了。谁会不想追随他？

他现在要站在船舷上。在风浪大的时候戴上救生圈。不久之后，人们就会看到他中途靠岸了。

四年或者五年的时间，在一个人的一生中占什么样的位置呢？当他们离开白宫的时候，卡洛琳就该十一岁了，约翰-约翰也有八岁了。这之后，孩子们就可以从父亲那里得到很好的照顾了。在等待这一时刻到来的时间里，他们都很骄傲。为生命而骄傲！这不就是比一切都重要的事吗？因为她有爱，她，真的很为黑杰克感到自豪。当她为黑杰克自豪的时候，她是多么强大啊！

不要再去想可能会发生的事情。关上回忆的抽屉，让过去都见鬼去吧。把握好现在，度过在风暴到来前的这仅有的晚上的时光。最后和他单独待在一起的时光。

"你知道爸爸犯了什么错吗？唯一的一个让我们能批评他的错

误？他不相信伟人，理想中的伟人。他固执的注重实际的精神让他断送了政治前程。我在某方面很理解他。怎么能想象有一天有人说开战就开战？怎么能相信二十岁出头的小伙子会以直面地狱为荣？但是人类不是饲养的家畜。我们给他们食物却不能控制他们的思想。他们有自己的渴望。他们有梦想，也有奉献。但有时，不幸和痛苦会让他们成熟。这很奇怪，对吧？所有这些男孩把生命都奉献给了他们不理解的历史。这不合逻辑。也许有些军火贩子从中牟取了暴利，一些企业家从此建立起了自己的商业帝国，但是这不能解释为什么二十出头的小伙子能奋不顾身地在法国的海滩边从军舰里面冲出来登陆，背上背着四十公斤重的物资，而他们周围的榴霰弹就像欢迎的花束一样到处开放。这就是他对人类的蔑视，他称之为头脑清醒，这种蔑视曾让老人无所适从？我们无法领导一群把希望寄托在最基本的本能身上的人。但是他应该知道这个。什么叫做生命，如果人们不能拿它来碰运气？他是从小市民、从新贵的角度去思考的。太谨慎小心了。哦，杰基，政治值得人们沉醉在里面。甚至弄脏自己的手。我还有好多事情没有完成啊。"

他又重新坐到她身边。他靠在沙发上的文件上，闭上眼睛。现在是睡觉的时候了，明天的日程安排将会很长。但是，他们俩都不愿意靠近床，就好像他们害怕什么东西因此而粉碎了，仿佛一种魔法要消失了，没有人知道它什么时候会再产生。

哦，让太阳永远不要升起来，让夜和他的沉默，以及他的温柔永远都那么长！

她把脸靠在他的肩膀上。她的手搂住他的脖子，她的手指能感觉到他脉搏的跳动。希望他已经忘记了那些阴险的脸孔，希望他停止算计，希望他能在她身边好好休息。

明天，还有的是时间。他会找到一个好办法带领大家去征服月球。这是一场不会带来任何损失的战斗，让工程师们和工人们努力工作的好点子，不会造成任何的人员伤亡。这是一面永远不会沾染鲜血的旗帜。

月球……在他看来，这就是一个诗人的美梦，能让孩子们激动，让军人们有事做。

这完全是肯尼迪式的想法。一个能团结反对者的幻想。

有一天，人们为了能在竞选中胜出，承诺人们所有他们想要的，为了把他们聚合起来，他们想要让白人反对黑人，让新教徒反对天主教徒，让特权阶层反对受压迫者，就像所有人都不是平等的，就像拥有的金钱，皮肤的颜色，信仰的宗教从来都与命运无关，就好像同情不是暂时活着的人能共同分享的最好的情感。

她为有这样的丈夫而自豪。他，他想要重新树立信任，能够移山的决心。他是个英雄，就像那些带领士兵们冲出战壕的年轻军官一样。他从来都不谈他的勇气。对那些想给他讲述他们在太平洋上遇险的那一夜经历的人，他总是习惯略带挖苦地回答："成为一个英雄，并不难，只要日本人把您的战舰击沉就行了。"

他利用了他们的微笑……她难道想让他给几百万选民讲那些琐事，那些困难吗？谁会对这些痛苦，这种软弱感兴趣？于是，他选择了造梦。他自称亚瑟王，收益良多。

因为没有什么比信任更重要。要相信爱。要相信所有一切都在奔跑，与天真擦肩而过。天真没有怀疑危险。怀疑会逐渐侵蚀你的内脏，直到让你永远站不起来。她知道欧洲是一个老妇人，因患风湿而行动艰难。欧洲的城堡都被蛀虫侵蚀了。

他准备什么时候掀起这场风暴呢？如果是明天早上，那就只有放弃乘坐敞篷车了，他将会很失望！

这么热怎么睡呢？

一动不动，让身体在这种静止中渐渐凉快下来。倾听这种寂静，它说夜里有好人，也有坏人。他们都在同样地沉睡。

她听着杰克的呼吸。她相信他没有睡着。他还在想什么呢？怎么减轻他精神上的痛苦？

现在该她闭上眼睛了，她靠在他身上，穿着浴袍，慢慢地滑入沉沉的甜美的梦乡。她已经全身瘫软，不想再站起来了。她感觉很舒服。和杰克在一起，总是可以醒着做梦。在混沌中，她仍然听到他的声音：

"新边疆，永远都不能实现。"

她含糊不清地说。

"又在做梦了，总统先生？"

"对，今天的最后一个梦。想去睡觉了吗，第一夫人？"

"童子军时刻准备着，总统。"

他把手放到她的肚子上。她感觉到他的热量传到了她的内脏里。哦，要是生活可以重新焕发生机该多好啊！把一切都抹去。他们的错误，他们的缺点和无趣。

她也在想着下一个场景。她再也不害怕了。她已经准备好迎接所有的威胁，当他在这里的时候。她难道从一个障碍的旁边绕过去了吗？

难道今天她还不是弗吉尼亚州最优秀的骑手吗？

她的声音充满睡意，嘟嘟囔囔地说：

"我们再生个孩子吧，杰克。"

尾声

风暴在11月22日早上到来了。所有聚集在通往沃斯堡机场的公路上来一睹总统和杰基风采的人群，在他们到来的时候还穿着雨衣。但是，11点半，在达拉斯，烈日高悬。于是，他们上了那辆林肯敞篷轿车。

一个小时以后，约翰·菲茨杰拉德·肯尼迪被刺杀。杰基爬上了轿车的后盖箱，向尾随他们的坐在"玛丽女王"号轿车里的保镖们呼救。他们看到她在到处捡拾她丈夫头颅的碎片，荒唐地想把它们都安回到原来的位置。在达拉斯医院，外科医生进行了一场无用的手术，她亲吻着他脱光了的冰冷的双脚。很快，安全人员就把美国第三十五任总统——第四个被刺杀的总统——的尸体抬了出来，一个得克萨斯的法医被要求做了一个徒劳的尸检。

因为国家正在内战的边缘，副总统林顿·约翰逊在运送尸体回首都的空军一号上，当着泪流满面的杰基的面宣誓就任总统。杰基当时还穿着染满鲜血的玫瑰色套裙。

两天之后，11月24日，达拉斯一个夜总会的老板杰克·鲁比在摄影机的前面杀死了狂热的共产主义者李·哈维·奥斯瓦尔德——刺杀杰克·肯尼迪的凶手。鲁比解释说他这样做是为了报复杰基。1964年3月14日，他被判处死刑，他提出上诉。1967年1月，在新的庭审开始前，他突然死于癌症。

装着阿拉贝·肯尼迪和帕特里克·肯尼迪的小棺材被运回到了阿灵顿墓地，葬在他们的父亲身边。美国的小王子约翰-约翰的坟墓没有在这里。他在1999年因为飞机失事去世之后，他的骨灰就撒在了广阔的马耳他的温亚德，在雅尼斯港的对面。他当时38岁。他的叔叔泰迪认为已经到了肯尼迪家族悲剧的终结时间了。

　　联邦调查局和中央情报局完全控制着肯尼迪谋杀案的调查工作。在谣言满天的情况下，代理总统约翰逊任命法官沃伦担任调查委员会的主席，在1964年11月的总统大选前递交调查报告。要证明李·哈维·奥斯瓦尔德是唯一刺杀肯尼迪的凶手，即使存在着"神奇的子弹"这样一种说法，因为这些子弹在打中总统两次的同时，还打伤了得克萨斯州的州长科纳利，这很难被证实。

　　林顿·B·约翰逊1964年11月以61%的选票当选了美国新一届的总统。从人们对肯尼迪总统被刺杀的同情中，他取得了美国历史上少有的较大的胜利。

　　几个月前，他发动了越南战争。1964年8月，美国军舰的错误被袭给他提供了一个有用的借口。在肯尼迪总统遇刺后有16300名美国的"军事顾问"被派去越南。1968年，当约翰逊宣布他不会争取第二次连任的时候，有超过五十万士兵在越南。

　　约翰逊总统1973年1月22日精神错乱去世。

　　他任命约翰·埃德加·胡佛担任联邦调查局的局长。胡佛在1972年死在了任上，还差两年他就可以庆祝自己在联邦调查局担任领导五十年了。

民主党的州长约翰·科纳利当时在林肯车上坐在约翰逊的旁边，他也受了伤。后来他参加竞选，但是以共和党的身份出现。

总统的"中学朋友"玛丽·迈耶1964年10月10日被谋杀。

1975年，山姆·詹卡纳的前未婚妻朱迪思·埃克斯纳宣称，对她来说，杰克不止是"总统先生"。这种暧昧关系引发了一连串让美国的清教徒震惊的秘密关系。

十二年过去了，肯尼迪遇刺案始终没有真相大白。

尽管官方极力否认，关于这场刺杀阴谋的话题始终无法让这些阻止调查的人安心睡觉。

直到1991年奥利弗·斯通在《约翰·菲茨杰拉德·肯尼迪》一片中让大家认识到一个观点，即中央情报局、反卡斯特罗分子和黑社会之间是有联系的。还有美国出色的犯罪小说作家詹姆斯·艾罗瑞在1995年出版了《美国小报》。

十年之后，因为在得克萨斯棉花种植交易案中犯罪而入狱很多年，后来出狱的老农场主翻新了这个版本。

彼里·索尔·埃斯特参与了《约翰·菲茨杰拉德·肯尼迪，最后一个证人》的写作（威廉·雷蒙著，弗拉马提翁出版社出版）。他揭露了约翰逊在得克萨斯州聚敛"黑金"的犯罪网络。他控诉原来的总统约翰逊在他的军队朋友的帮助下，首先把所有可能指引鲍比·肯尼迪的调查工作的证人都处决了。最终，除掉所有能引起"第二个开枪者"调查的人，如果存在这么一个人，就能证明这是个政治阴谋。

鲍比·肯尼迪在他哥哥去世后的第二天，崩溃了。悲伤不是唯一让他消沉的原因，还有他自己的责任感。然而，就像他看到的在他家里发生的事情一样，他尽力想从这场个人危机中摆脱出来，"从高处出来"。于是，他决定重新举起旗帜，在1968年参加了总统选举。

1968年6月5日，他被作为民主党候选人正式提名参加总统竞选，就在同一天他被人谋杀。

杰基认为现在是摆脱肯尼迪家族的时候了。就在支持她的小叔子去世四个月之后，她嫁给了希腊的亿万富翁亚里士多德·奥纳西斯。她不希望自己的儿子仍然使用遇刺总统的名字，使他的生命在美国也同样受到威胁。

年迈的乔·肯尼迪在鲍比消失了，他最喜欢的儿媳也改嫁了之后，已经八十一岁的他停止了进食。他于1968年11月去世，那天距离肯尼迪总统逝世五周年还有几天的时间。

杰基·奥纳西斯于1994年5月19日去世，时年六十五岁。

（京权）图字：01-2008-6183
图书在版编目（CIP）数据

再见，总统先生／（法）若尔热著；黄凌霞译，－北京：作
家出版社，2009.7
　ISBN 978-7-5063-4818-8

　Ⅰ.再… Ⅱ.①若…②黄… Ⅲ.长篇小说－法国－现代
Ⅳ.I565.45

中国版本图书馆CIP数据核字（2009）第120486号

Danièle Georget: Goodbye, Mister President
© Plon 2007

策划：猎文文化发展有限公司

再见，总统先生

作者：（法）达妮埃尔·若尔热
译者：黄凌霞
责任编辑：启天
装帧设计：视觉共振设计工作室
出版发行：作家出版社
社址：北京农展馆南里10号　　　**邮码：**100125
电话传真：86-10-65930756（出版发行部）
　　　　　　86-10-65004079（总编室）
　　　　　　86-10-65015116（邮购部）
E-mail: zuojia@zuojia.net.cn
http://www.zuojia.net.cn
印刷：紫恒印装有限公司
成品尺寸：152×230
字数：140千
印张：14　　　　　　**插页：**8
版次：2009年7月第1版
印次：2009年7月第1次印刷
ISBN 978-7-5063-4818-8
定价：25.00元